從閱讀到寫作

現代名家散文十五講

吳宏一——著

目次

前言

吳宏一

要寫好文章，必須先有鑑賞作品的能力。要有鑑賞作品的能力，不能不先從閱讀名家佳作開始。

閱讀名家佳作，一定要細心、用心。如果囫圇吞棗，那無異是食珍饈而不知味，入寶山而空手回。只有細心閱讀，用心體會，才能明白為什麼名家是名家，佳作是佳作。

這本書所選的，都是民國初年現代名家的散文佳作。民國初年的著名作家，勇於創新，風格多樣，對後來文學的發展，有很大的影響；他們的著作，值得我們細心閱讀，用心體會。唯有如此，才可能使我們從中培養鑑賞作品的能力，認識文章寫作的技巧。

希望你喜歡這本書，也希望它對你的閱讀與寫作，有實際的幫助。

第1講　魯迅／自言自語

魯迅（一八八一～一九三六），原名周樹人，字豫才，浙江紹興人。他是民國初年非常著名的文學家，生前勇於批評傳統社會的種種弊病，對中國現代文學產生了極其深遠的影響。

〈自言自語〉，是魯迅早年的散文創作，裡面所蘊含的哲思和詩情，值得玩味；巧妙的構思，廻環的句子，也值得學習。尤其是記每一件事，都能把握住那最美的剎那和最關鍵的要點。

範文

自言自語

魯迅

一　序

水村的夏夜，搖著大芭蕉扇，在大樹下乘涼，是一件極舒服的事。

男女都談些閒天，說些故事。孩子是唱歌的唱歌，猜謎的猜謎。

只有陶老頭子，天天獨自坐著。因為他一世沒有進過城，見識有限，無天可談。而且眼花耳聾，問七答八，說三話四，很有點討厭，所以沒人理他。

他卻時常閉著眼，自己說些什麼。仔細聽去，雖然昏話多，偶然之間，卻也有幾句略有意思的段落的。

夜深了，乘涼的都散了。我回家點上燈，還不想睡，便將聽得的話寫了下來，再看一回，卻又毫無意思了。

其實陶老頭子這等人，那裡真會有好話呢，不過既然寫出，姑且留下罷了。

留下又怎樣呢？這是連我也答覆不來。

中華民國八年八月八日燈下記。

二　火的冰

流動的火，是熔化的珊瑚麼？

中間有些綠白，像珊瑚的心，渾身通紅，像珊瑚的肉，外層帶些黑，是珊瑚焦了。

好是好呵，可惜拿了要燙手。

遇著說不出的冷，火便結了冰了。

中間有些綠白，像珊瑚的心，渾身通紅，像珊瑚的肉，外層帶些黑，也還是珊瑚焦了。

好是好呵，可惜拿了便要火燙一般的冰手。

火，火的冰，人們沒奈何他，他自己也苦麼？

唉，火的冰。

唉，唉，火的冰的人！

三　古城

你以為那邊是一片平地麼？不是的。其實是一座沙山，沙山裡面是一座古城。這古城裡，從前一直住著三個人。

古城不很大，卻很高。只有一個門，門是一個閘。

青鉛色的濃霧，捲著黃沙，波濤一般的走。

少年說，「沙來了。活不成了。孩子快逃罷。」

老頭子說，「胡說，沒有的事。」

這樣的過了三年和十二個月另八天。

少年說，「沙積高了，活不成了。孩子快逃罷。」

老頭子說，「胡說，沒有的事。」

少年想開閘，可是重了。因為上面積了許多沙了。

少年拚了死命，終於舉起閘，用手腳都支著，但總不到二尺高。

少年擠那孩子出去說，「快走罷！」

老頭子拖那孩子回來說，「沒有的事！」

少年說，「快走罷！這不是理論，已經是事實了！」

青鉛色的濃霧，捲著黃沙，波濤一般的走。

以後的事，我可不知道了。

你要知道，可以掘開沙山，看看古城。閘門下許有一個死屍。閘門裡是兩個還是一個？

四　螃蟹

老螃蟹覺得不安了，覺得全身太硬了。自己知道要蛻殼了。

他跑來跑去的尋。他想尋一個窟穴，躲了身子，將石子堵了穴口，隱隱的蛻殼。他知道外面蛻殼是危險的。身子還軟，要被別的螃蟹吃去的。這並非空害怕，他實在親眼見過。

他慌慌張張的走。

旁邊的螃蟹問他說，「老兄，你何以這般慌？」

他說，「我要蛻殼了。」

「就在這裡蛻不很好麼？我還要幫你呢。」

「那可太怕人了。」

「你不怕窟穴裡的別的東西，卻怕我們同種麼？」

「我不是怕同種。」

「那還怕什麼呢？」

「就怕你要吃掉我。」

五　波兒

波兒氣憤憤的跑了。

波兒這孩子，身子有矮屋一般高了，還是淘氣，不知道從那裡學了壞樣子，也想種花了。

不知道從那裡要來的薔薇子，種在乾地上，早上澆水，上午澆水，正午澆水。

正午澆水，土上面一點小綠，波兒很高興，午後澆水，小綠不見了，許是被蟲子吃了。

波兒丟了噴壺，氣憤憤的跑到河邊，看見一個女孩子哭著。

波兒說，「你為什麼在這裡哭？」

女孩子說，「你嘗河水什麼味罷。」

波兒嘗了水，說是「淡的」。

女孩子說，「我落下了一滴淚了，還是淡的，我怎麼不哭呢。」

波兒說，「你是傻丫頭！」

波兒氣憤憤的跑到海邊，看見一個男孩子哭著。

波兒說，「你為什麼在這裡哭？」

男孩子說，「你看海水是什麼顏色？」

波兒看了海水，說是「綠的」。

男孩子說，「我滴下了一點血了，還是綠的，我怎麼不哭呢。」

波兒說，「你是傻小子！」

波兒才是傻小子哩。世上那有半天抽芽的薔薇花，花的種子還在土裡呢。便是終於不出，世上也不會沒有薔薇花。

六　我的父親

我的父親躺在床上，喘著氣，臉上很瘦很黃，我有點怕看他了。他眼睛慢慢閉了，氣息漸漸平了。我的老乳母對我說，「你的爹要死了，你叫他罷。」

「爹爹。」

「不行，大聲叫！」

「爹爹！」

我的父親張一張眼，口邊一動，彷彿有點傷心，——他仍然慢慢的閉了眼睛。

我的老乳母對我說，「你的爹死了。」

阿！我現在想，大安靜大沉寂的死，應該聽他慢慢到來。誰敢亂嚷，是大過失。

我何以不聽我的父親，徐徐入死，大聲叫他。

阿！我的老乳母。你並無惡意，卻教我犯了大過，擾亂我父親的死亡，使他只聽得叫「爹」，卻沒有聽到有人向荒山大叫。

那時我是孩子，不明白什麼事理。現在，略略明白，已經遲了。我現在告知我的孩子，倘我閉了眼睛，萬不要在我的耳朵邊叫了。

七　我的兄弟

我是不喜歡放風箏的，我的一個小兄弟是喜歡放風箏的。

我的父親死去之後，家裡沒有錢了。我的兄弟無論怎麼熱心，也得不到一個風箏了。

一天午後，我走到一間從來不用的屋子裡，看見我的兄弟，正躲在裡面糊風箏，有幾支竹絲，是自己削的，幾張皮紙，是自己買的，有四個風輪，已經糊好了。

我是不喜歡放風箏的，也最討厭他放風箏，我便生氣，踏碎了風輪，拆了竹絲，將紙也撕了。

我的兄弟哭著出去了，悄然的在廊下坐著，以後怎樣，我那時沒有理會，都不知道了。

我後來悟到我的錯處。我的兄弟卻將我這錯處全忘了，他總是很要好的叫我「哥哥」。

我很抱歉，將這事說給他聽，他卻連影子都記不起了。他仍是很要好的叫我「哥哥」。

呵！我的兄弟。你沒有記得我的錯處，我能請你原諒麼？

然而還是請你原諒罷！

【解讀】

魯迅（一八八一～一九三六），原名周樹人，字豫才，浙江紹興人。他是民國初年非常著名的文學家，生前勇於批評傳統社會的種種弊病，對中國現代文學產生了極其深遠的影響。

〈自言自語〉七則，是魯迅民國八年（一九一九）八月十九日至九月九日發表在《國民公報．新文藝》欄的文章。在魯迅的散文創作中，這是比較早期的作品。魯迅為人熟悉的散文集是《野草》和《朝花夕拾》，這七則短文是後來才被發現的（見《魯迅研究》一九八〇年第一期）。

根據第一則的〈序〉文來看，所謂「自言自語」，指的原是魯迅故鄉紹興陶老頭子的一些喃喃自語，魯迅不過是摘記其中「幾句略有意思的段落」而已。可是，第二則〈火的冰〉、第六則〈我的父親〉、第七則〈我的兄弟〉這三則的主要內容，後來魯迅卻又將它們擴充改寫成〈死火〉、〈父親的病〉、〈風箏〉等三篇，分別收錄在《野草》和《朝花夕拾》二書中。篇幅由短而變長，文字也由平易流暢而轉為沉鬱冷雋，至於文中所隱含的詩情和哲思，則前後一致。它們看起來既像散文，讀起來卻又有濃郁的詩意，所以有人稱之為散文詩。經過前後對照，我們可以發覺：這〈自言自語〉不只是記錄了作者故鄉陶老頭子的自言自語，其實也反映了作者早年的一些生活體驗和心中祕密。作者不過是藉陶老頭子之口，來敘述他對宇宙人生的一些觀察和體悟。然而，由於文筆的優美，構思的精巧，使深刻的哲思和濃烈的詩情結合起來，組成了這七首既有戰鬥意義又有抒情內涵的動人樂章。有人說它們是民國初年散文詩的一個指標，洵非虛語。

現在依文章順序解讀如下：

第一則是序言，交代寫作時間是民國八年八月八日的晚上。這就是所謂仲夏之夜，而且也正是五四新文化運動方興未艾之際。當時魯迅人在北京，正處於新舊文化衝突的漩渦裡，他在夏夜燈下，追記早年水村故鄉裡陶老頭子的一些自言自語，一定有其用意。

他說陶老頭子「一世沒有進過城，見識有限，無天可談。而且眼花耳聾，問七答八，說三話四，很有點討厭，所以沒人理他。」「天天獨自坐著」，「卻時常閉著眼，自己說些什麼。仔細聽去，雖然昏話多，偶然之間，卻也有幾句略有意思的段落的。」這些句子讀起來，自有諧暢的韻味，而且也像古人所說的那樣：

「狂夫之言，聖人擇焉」。魯迅未必自比為聖人，但陶老頭子的「昏話」裡，想必有一些曾經撞擊他的心靈，所以牢記在心底。

下面的六則，理當是陶老頭子所說的一些片段。第七則的末尾，原注：「未完」，仲夏夜的故事本來就完不了的。仲夏夜糾葛著許多的夢與現實，它們相對立，卻又相混合，怎麼能完得了呢？

第二則是寫富於象徵色彩的〈火的冰〉，所讚嘆的也是「火的冰的人」。火，代表革命的熱情；冰，代表現實的冷酷。熱情的革命先覺者，面對著黑暗的社會、冷酷的現實，願意為理想而犧牲，知其不可而為之，命運往往是悲慘的，就像「流動的火，遇著說不出的冷，火便結了冰了。」但是，這種「火的冰的人」，就像美麗的珊瑚一樣，令人讚賞，令人尊敬。

魯迅的散文集《野草》中有一篇〈死火〉，作於民國十四年（一九二五）四月二十三日。它是〈火的冰〉的進一步衍申。死火，就是「火的冰」，也像珊瑚一樣美麗。作者營造了一個虛幻的夢境：他夢見在冰山間奔馳，又忽然墜在冰谷中，並且發現腳下有剛從「火宅」出來的全體冰結的火焰。他把這死的火焰裝進衣袋，溫熱它，使它恢復生命。然而死火這時候也就面臨了兩難的抉擇：燃燒，不久就燒完了；不燃燒，就會被凍滅。最後他們都選擇燃燒，以死亡詮釋了生命的悲壯。它比〈火的冰〉構思更巧妙，意象更繁複。

這是有其象徵意義的：冰山冰谷，代表作者生活在黑暗的時代、冷酷的社會裡。「火宅」，本來是佛家語，用來指苦難的人世間。作者寫到火宅，用意在此。他遇見了革命先覺者，他們互相取溫，互相鼓勵，都願意在水深火熱之中，為理想而前進，為衝出谷口而奮鬥，即使犧牲生命，也在所不惜。

文中像「中間有些綠白，像珊瑚的心……」前後頗多重複出現的句子，增加了像詩歌一般詠歎的情味。

第三則寫的是〈古城〉。和〈火的冰〉一樣，有其象徵意義。像寓言一般的故事說：古城從前一直住著老頭子、少年和孩子三個人。老頭子代表封建、守舊，少年代表改革，孩子代表希望。古城只有一個門閘可以進出，當狂風沙吹襲來臨之前，少年一直想打開閘門叫孩子趕快逃出去，但那老頭子卻一直要把孩子留下來。

文中以「青鉛色的濃霧，捲著黃沙，波濤一般的走」這樣重複出現的句子，貫串起整個故事。裡面的「過了三年和十二個月另八天」，其實就是四年又八天。「四」和「八」這兩個數目字，也是佛家常用語，這一句也就是時間過了很久很久的意思。這和古城的「古」字是互相關係的。至於文中說：「以後的事，我可不知道了。」多像是陶老頭子的口氣。

妙的是閘門這個意象。同樣是民國八年（一九一九）這一年的十月，比〈自言自語〉第七則晚一個月左右，魯迅在一篇題為〈我們現在怎樣做父親〉的文章中，主張要為幼者孩子開闢新路，而對不肯解放孩子的長者，提出了譴責。他這樣寫著：

> 自己背著因襲的重擔，肩住了黑暗的閘門，放他們到寬闊光明的地方去。此後幸福的度日，合理的做人。

和〈古城〉對照來看，語氣和意思都非常相似。由此我們也可以看出來，〈古城〉的寓意在於除舊布新，希望給新生的一代一個光明的未來。

第四則〈螃蟹〉和第五則〈波兒〉，說的都是像童話寓言一般的擬人化的故事。〈螃蟹〉說一隻即將蛻殼新生的螃蟹，忙著在找窟穴。他旁邊的螃蟹，表示願意幫助他，保護他，可是他卻擔心這身邊口稱幫忙的同類，說不定就是心懷叵測想吃掉他的人。〈波兒〉說波兒想種花，要來薔薇子，種在乾地上。他心裡急，希望薔薇早日開花，所以早上澆水，上午澆水，正午也澆水。這當然沒有用，「世上那有半天抽芽的薔薇花」呢！這和女孩子掉一滴淚就想把河水變鹹、男孩子滴一點血就想把海水染紅一樣，都是痴念妄想。水波本來就不宜種花。

這兩則故事的寓意非常明顯，魯迅認為在新文化的運動中，新社會的改造裡，光有為理想而犧牲的熱情是不夠的，必須還要懂得戒備警惕和耐心努力。螃蟹脫殼，是比喻拋棄舊傳統，這當然容易引起守舊者的排斥，自己不戒備警惕不可以；波兒種花，是比喻展望新未來，培育新生命需要愛心和耐心，操之過急，反而是揠苗助長，自斲生機了。

第六則〈我的父親〉和第七則〈我的兄弟〉，都有魯迅真實家庭生活中的影子。是否來自陶老頭子的點評，無法確定。或許是出自魯迅自己對早年家庭生活的反思。

〈我的父親〉記父親垂死前，老乳母要作者「大聲叫」的往事。作者如今後悔了，認為老乳母教他亂嚷大叫，其實是擾亂了父親的死亡。這一則短文只記父親病亡的一個片斷，後來作者擴充改寫的〈父親的病〉一文（收在《朝花夕拾》裡），記述他父親病中延醫診治的過程，以及病榻之前他大聲嚷叫，直至父親咽氣為止的往事，比較起來，敘述就詳盡多了，而且〈我的父親〉一文中的「老乳母」，也變成了「住在一門裡」的親族長輩「衍太太」。對於這位「衍太太」，魯迅是頗有意見的。她有如〈螃蟹〉的同類。這些事情，核對魯迅的生平資料，都有案可稽，和前面幾則的童話寓言不大相同。

第七則〈我的兄弟〉，記作者早年把他的「小兄弟」（周建人）所糊的風箏踏碎的童年往事。他後來反悔了，向弟弟認錯，可是弟弟卻說毫無印象，對他敬愛如初。民國十四年（一九二五）一月二十四日，作者又寫了一篇〈風箏〉記敘此事，把事情的經過寫得更完整，同時也交代了他後來所以反悔認錯的原因。原來是因為「偶而看了一本外國的講論兒童的書，才知道遊戲是兒童最正當的行為，玩具是兒童的天使。」然而，當他向弟弟認錯時，弟弟卻說毫無印象，毫無怨恨。對作者來說，這等於是拒絕了寬恕啊。這和上文第五則〈波兒〉中所說的薔薇花，一樣的道理：新生命需要的是愛心和耐心。

以上這七則〈自言自語〉，是魯迅早年的散文創作，裡面所蘊含的哲思和詩情，值得玩味；巧妙的構思，迴環的句子，也值得學習。尤其是記每一件事，都能把握住那最美的剎那和最關鍵的要點，更是青年朋友最該用心講求的寫作技巧。魯迅的這些充滿詩意的散文，包括後來的〈秋夜〉、〈臘葉〉等等，曾經有人稱之為散文詩。這一類散文詩的寫作風氣，在民國初年的文壇頗為流行，名家佳作也都不少。即以魯迅本人而論，雖然他後來以創作小說與雜文為主，但實際上，一直到他晚年，他都還不忘情於這一類詩一般散文的寫作。像民國二十二年（一九三三）所寫的〈夜頌〉、〈秋夜紀遊〉，民國二十五年（一九三六）所寫的〈半夏小集〉，也都還遺留著這一類作品的影子。

我鄭重推薦這篇常為讀者忽略的作品。

【作法】

這七則短文，看似隨筆雜記，可以各自獨立，實則它們前後合成一體。古人所說的起、承、轉、合，仍可借來分析。

第一則序言，說明寫作的緣起。陶老頭子的昏話，雖是自言自語，卻直指人性，給作者一些反思和啟迪。經過作者的選取和摘錄，「見識有限，無天可談」的陶老頭子，話中充滿了哲思和詩情。

第二則〈火的冰〉和第三則〈古城〉是承。作者摘記這兩則故事，用意在於說明：他認同「火的冰的人」，他願意做〈古城〉中的少年。他願意在冰谷、沙山之中，在水深火熱、濃霧黃沙之中，為理想受苦，為孩子打開閘門。他願意抗拒「老者」的舊傳統，展望「孩子」的新未來。簡而言之，除舊布新。

第四則〈螃蟹〉和第五則〈波兒〉是轉。表面上看，是兩則童話寓言，但螃蟹蛻殼的戒慎恐懼，波兒種花的缺乏耐心，其實都是針對上文所說的除舊布新的道理，作進一步的闡釋。蛻殼新生，自需破舊，「舊」可指古城中的老者，可指身旁的螃蟹，可指壞樣子的波兒，也可指下文的「老乳母」或「衍太太」；同樣的道理，「新」可指古城中的孩子，可指蛻殼新生的螃蟹，可指地下的薔薇子，也可指下文糊風箏的「小兄弟」。舊的要破，新的要立。破舊時需要戒慎恐懼，立新時要有耐心。

第六則和第七則歸結到作者自己的身上。寫自己在父親死時的嚷叫，是錯聽了「老」婦人的話；寫自己踏碎了弟弟所糊的風箏，是當時忽略了「小」兄弟的天真。這裡面有否定，有期待。

朱自清在〈魯迅先生的雜感〉中，曾經這樣形容魯迅：「他一面否定，一面希望，一面在戰鬥著。」啊，真的，魯迅的一生，不管是為人或寫作，都是如此：一面否定，一面希望，一面在戰鬥著。

思考與練習

一、魯迅的這篇文章，你認為哪幾則是記別人的話，哪幾則是寫自己的「童年往事」？理由是什麼？

二、這篇文章有的地方寫得像童話寓言，請你指出來，並說明它們有什麼言外之意。

三、這篇文章中有些對話的標點符號，按照今日習慣，逗號應該改為冒號，請你舉出來。

四、請以「童年往事」為題，仿照魯迅抒情的文筆，記下某一個人談話的最精采的部分。

第2講　劉半農／餓

劉半農，本名劉復（一八九一～一九三四），江蘇江陰人。以著譯為生。起先用文言寫小說，為「禮拜六派」作家之一；後以白話寫詩文評論。民國九年赴英國、法國留學，他很多重要的詩文創作，就著成於這段英、法留學期間。

這篇文章敘寫一個窮苦人家、挨餓孩子的心理活動，來反映貧富不均的社會現象。劉半農巧妙的將寫作素材加以組織安排，讓它們藉一些重複出現的詩化字句，表現出飢餓中的主角，對於飢餓的痛苦，是多麼的難受與無奈。

範文

餓

劉半農

他餓了；他靜悄悄的立在門口；他也不想什麼，只是沒精沒采，把一個指頭放在口中咬。

他看見門對面的荒場上，正聚集著許多小孩，唱歌的唱歌，捉迷藏的捉迷藏。

他想：我也何妨去？但是，我總覺得沒有氣力，我便坐在門檻上看看罷。

他眼看著地上的人影，漸漸地變長；他眼看著太陽的光，漸漸地變暗。「媽媽說的，這是太陽要回去睡覺了。」

他看見許多人家的煙囪，都在那裡出煙；他看見天上一群群的黑鴉，咿咿呀呀地叫著，向遠遠的一座破塔上飛去。他說：「你們都回去睡覺了麼？你們都吃飽了晚飯了麼？」

他遠望著夕陽中的那座破塔，尖頭上生長著幾株小樹，許多枯草。他想著人家告訴他：那座破塔裡，有一條「斗大的頭的蛇！」他說：「哦！怕啊！」

他回進門去，看見他媽媽，正在屋後小園中洗衣服——是洗人家的衣服——一隻腳搖著搖籃；搖籃裡的小弟弟，卻還不住地啼哭。他又恐怕他媽媽，向他垂著眼淚說，「大郎！你又來了！」他就一響也不響，重新跑了出來！

他爸爸是出去的了，他卻不敢在空屋子裡坐；他覺得黑沉沉的屋角裡，閃動著一雙睜圓的眼睛——不是別人的，恰恰是他爸爸的眼睛！

他一響也不響，重新跑了出來，——仍舊是沒精沒采的，咬著一個小指頭；仍舊是沒精沒采，在門檻上坐著。

他真餓了！——餓得他的呼吸，也不平均了；餓得他全身的筋肉，竦竦地發抖！可是他並不啼哭，只在他直光的大眼眶裡，微微有些淚痕！因為他是有過經驗的了！——他啼哭過好多次，卻還總得要等，要等他爸爸買米回來！

他想爸爸真好啊！他天天買米給我們吃。但是一轉身，他又想著了——他想著他爸爸，有一雙睜圓的眼睛！

他想到每吃飯時，他吃了一半碗，想再添些，他爸爸便睜圓了眼睛說：「小孩子不知道『飽足』，還要多吃！留些明天吃罷！」他媽媽總是垂著眼淚說，「你便少喝一『開』酒，讓他多吃一口罷！再不然，便譬如是我——我多吃了一口！」他爸爸不說什麼，卻睜圓著一雙眼睛！

他也不懂得爸爸的眼睛，為什麼要睜圓著，他也不懂得媽媽的眼淚，為什麼要垂下。但是，他就此不再吃，他就悄悄地走開了！

他還常常想著他姑母——「啊！——好久了！媽媽說，是三年了！」三年前，他姑母來時，帶來兩條鹹魚，一方鹹肉。他姑母不久就去了，他卻天天想著她。他還記得有一條鹹魚，掛在窗口，直掛到過年！

他常常問他的媽媽，「姑母呢？我的好姑母，為什麼不來？」他媽媽說：「她住得遠咧！——有五十里路，走要走一天！」

是呀，他天天是同樣地想，——他想著他媽媽，想著他爸爸，想著他搖籃裡的弟弟，想著他姑母。他還想著那破塔中的一條蛇，他說：「牠的頭有斗一樣大，不知道牠兩隻眼睛，有多大？」

他咬著指頭，想著想著，直想到天黑。他心中想的，是天天一樣，他眼中看見的，也是天天一樣。

他又聽見一聲聽慣的「哇……嗚……」，他又看見那賣豆腐花的，把擔子歇在對面的荒場上。孩子們都不遊戲了，都圍起那擔子來，捧著小碗吃。

他也問過媽媽，「我們為什麼不吃豆腐花？」媽媽說，「他們是吃了就不再吃晚飯的了！」他想，他們真可憐啊！只吃那一小碗東西，不餓的麼？但是他很奇怪，他們為什麼不餓？同時擔子上的小火爐，煎著醬油，把香風一陣陣送來，叫他分外的餓了！

天漸漸地暗了，他又看見五個看慣的木匠，依舊是背著斧頭鋸子，抽著黃煙走過。那個年紀最大的——他知道他名叫「老娘舅」——依舊是喝得滿面通紅，一跛一跛的走；一隻手裡，還提著半瓶黃酒。

他看著看著，直看到遠遠的破塔，已漸漸的看不見了；那荒場上的豆腐花擔子，也挑著走了。他於是和天天一樣，看見那邊街頭上，來了四個兵，都穿著紅邊馬褂：兩個拿著軍棍，兩個打著燈。後面是一個騎馬的兵官，戴著圓圓的眼鏡。

荒場上的小孩，遠遠地看見兵來，都說「夜了」！一下子就不見了！街頭躺著一隻黑狗，卻跳了起來，緊跟著兵官的馬腳，汪汪地嗥！

他也說，「夜了夜了！爸爸還不回來，我可要進去了！」他正要掩門，又看見一個女人，手裡提著幾條魚，從他面前走過。他掩上了門，在微光中摸索著說，「這是什麼人家的小孩的姑母啊！」

【解讀】

劉半農，本名劉復（一八九一～一九三四），江蘇江陰人。中學時參加革命活動，轉赴上海，以著譯為生。起先用文言寫小說，為「禮拜六派」作家之一；後以白話寫詩文評論，投稿《新青年》，被北大校長蔡元培賞識，轉往該校任教。民國九年（一九二〇）赴歐留學，先到英國倫敦，後在法國巴黎大學獲得博士學位。他很多重要的詩文創作，就著成於這段英、法留學期間。尤其是在倫敦一年左右的時間裡，白話詩和散文詩的作品成就，更是引人注目。像〈教我如何不想她〉、〈一個小農家的暮〉、〈在一家印度飯店裡〉以及〈餓〉這些名篇，都是他在倫敦時所作。

〈餓〉這篇作品，據篇末自注，是寫於倫敦，時間在民國九年（一九二〇）六月二十日。因此文中所寫，未必是寫當時中國的貧民生活，而是在異國他鄉同樣發現有貧苦兒童時的感慨之作。這跟〈一個小農家的暮〉寫的是英國農家生活，〈賣樂譜〉是寫同情法國巴黎八十老翁道上賣樂譜等等一樣，都是作者以悲憫之筆，寫當年留學時的所見所思。很有可能他把國內國外的情形合在一起寫了。

作者在出國留學之前，早就對社會貧富不均的現象，深有感觸。例如民國八年（一九一九）他在北大任教時，即寫過〈相隔一層紙〉這樣的一首白話詩：

屋子裡攏著爐火，
老爺吩咐開窗買水果，
說「天氣不冷火太熱，

別任它烤壞了我。」

屋子外躺著一個叫化子，
咬緊了牙齒對著北風喊「要死」！
可憐屋外與屋裡，
相隔只有一層薄紙。

這種國內社會貧富不均的現象，是作者早就憂慮在心的。所以當他到了當時的先進國家英國倫敦，發現一樣有生活在飢餓邊緣的貧窮家庭時，不由得引發了他悲憫的情懷。而且他當時正提倡「無韻詩」、「散文詩」，所以他所寫的散文，也難免帶有濃厚的詩意。

這篇文章不分段落，也很難分段落，它是前後呼應，渾然一體。它寫的是一個貧窮家庭裡，一個挨餓兒童的心理活動，要強調的是飢餓的感覺。

沒有挨過餓的人，不知道飢餓的痛苦。一般的兒童，也都是餓了就哭，飽了就玩，累了就睡，不會去注意家庭的經濟情況。可是這篇文章裡的主角，正為飢餓所苦的小孩子，他卻不一樣。

他餓了，卻不能哭，因為他知道哭沒有用，怎麼哭還是沒得吃。他不能哭著去找媽媽，因為他媽媽也正哭著，一邊洗人家的衣服，一邊搖著搖籃裡的小弟弟。所以他只能「靜悄悄的立在門口；他也不想什麼，只是沒精沒采，把一個指頭放在口中咬」。把一個指頭放在口中咬，也就是飢餓的象徵。

他餓得沒精沒采，沒有力氣去和荒場上的小孩子一起玩。當別家的小孩子買豆腐花吃的時候，他也只能聞著「香風一陣陣送來」，他也只能相信媽媽告訴他的話：「他們是吃了就不再吃晚飯的了！」

所以他也只能含著眼淚，等到夕陽西下時，爸爸出外賺錢買米回來。爸爸買米回來，媽媽煮了飯以後，他就不餓了嗎？也不是。「每吃飯時，他吃了一半碗，想再添些，他爸爸便睜圓了眼睛」，要他留些明天吃。他只得「悄悄地走開了」。他總覺得黑沉沉的屋角裡，閃動著爸爸一雙睜圓的眼睛。

屋子裡有媽媽垂下的眼淚，有爸爸睜圓的眼睛，所以他只能立在門口，把一個指頭放在口中咬。

他唯一的期待，是三年前來過的姑母。姑母帶來了兩條鹹魚、一方鹹肉。其中一條鹹魚，掛在窗口，直掛到過年。不過姑母住得遠，很久很久沒來了。

那麼，屋子門口外的世界又是如何呢？除了荒場上遊戲的小孩子以外，附近有許多人家的煙囪，遠處有座破塔，傳說破塔裡有一條「斗大的頭的蛇」。每天當他等到黃昏時，賣豆腐花的攤販，五個喝酒抽煙的木匠，和五個巡街的官兵，都會先後經過眼前。這些景物，都是為主題所搭配的布景，用來襯托這窮苦人家的生活環境。巡街的官兵象徵威權，前面的攤販木匠代表芸芸眾生，破塔大蛇暗示外在環境的可怕。

妙的是結尾。等待爸爸買米回來的小孩子，在暮色裡正待掩門時，卻看見「一個女人，手裡提著幾條魚，從他面前走過」，使得正挨餓的他，在微光中摸索著說：「這是什麼人家的小孩的姑母啊！」

或許他在摸索推測時，有期待，有小小的快樂，可是相信作者在寫作時，卻有大大的深沉的悲哀。

【作法】

這篇文章敘寫一個窮苦人家、挨餓孩子的心理活動，來反映貧富不均的社會現象。題目叫做〈餓〉，表示重在強調飢餓的感覺。立意既然在此，所選取的寫作素材，當然也就以此為中心。

「把一個指頭放在口中咬」，是兒童慣有的舉動，也是文中主角飢餓的象徵。文中不止一次寫到主角咬指頭，母親垂下眼淚，父親睜圓眼睛，這些形象化的描寫，都與主角的「餓」有關。作者甚至在文中直接寫到「吃」的就有十幾處，寫到「餓」的也有七次之多。這些地方顯然也都是為了強調主角的「餓」。另外，用來映襯主角飢餓感覺的，還有賣豆腐花的擔子，三年前姑母的鹹魚，和提幾條魚的女人等等。這些寫作素材，作者將它們巧妙的加以組織安排，讓它們藉一些重複出現的詩化字句，表現出飢餓中的主角，對於飢餓的痛苦，是多麼的難受與無奈。

文章一開頭，就說主角餓了，但他只是靜悄悄的立在門口。在作者筆下，在主角的眼中，門內是一個世界，門外又是另一個世界。

門內，媽媽要幫別的人家洗衣服，要照顧搖籃裡的小弟弟；爸爸傍晚才賺錢買米回來，自己先喝了些酒，卻要孩子少吃點飯，留些明天再吃。因此在門內的空屋子裡，主角所看到的，彷彿都是媽媽因他的餓而垂下的眼淚，和爸爸因他的餓而睜圓的眼睛。就因為這樣，主角雖是小孩子，卻已懂得餓了不能哭，哭了也沒有用，只有等待，靜悄悄的等待。

門外，是另外一個世界，但也是荒涼落後的世界。天色向晚時，荒場上有許多小孩在玩唱歌和捉迷藏的遊戲，有許多煙囪冒煙的人家，有一群群咿咿呀呀叫的黑鳥，有長枯草的破塔，破塔中還傳說有一條「斗大的頭」的大蛇。經過面前的，還有賣豆腐花的小擔子，孩子們會圍著吃；有背著斧頭鋸子的木匠，有的喝了酒，有的抽著煙；有四個穿著紅邊馬褂的兵，兩個拿著軍棍，兩個提著燈，後面是一個騎馬的兵官，戴著圓圓的眼鏡。小孩子都跑回家了，只有街頭的一隻黑狗，緊跟著兵官的馬腳，汪汪的叫！然後天色就黑了，就是夜了。原來門外也是一個荒涼落後的黑色世界。

夾在門內與門外之中的，是靜立門口的主角，是餓。主角唯一的期待，是爸爸天天早點買米回來，還有那三年前來過一次的姑母，能再次帶來兩條鹹魚和一方鹹肉。那是多麼卑微卻又無窮希望的期待。

然而，「他心中想的，是天天一樣，他眼中看見的，也是天天一樣。」

這就是貧窮！這就是社會不公的現象。

作者不直接正面用議論的文字來公開譴責這種社會不公的現象，他只是客觀地把他所看見的一些現象組合起來，透過窮苦人家的兒童，把他眼中所見、心中所想，真實的反映出來。文學創作常常是這樣：它所訴之於讀者的，只是反映，只是表現，而不是直接的批評或說明。

思考與練習

一、這篇文章分為很多小段，每一小段前多以「他」——挨餓的小孩開頭，你覺得這樣寫好不好？為什麼？

二、從頭到尾，作者一直寫「門」，請你說說「門」的意象和這篇文章有什麼關係？

三、在挨餓的小孩心目中，父親、母親和姑母各有不同的形象，作者用什麼不同的事物來具體形容？這樣描寫有什麼好處？

四、假設你是文中小孩的父親，請說出回家看到母子挨餓時的心情。

第3講　許地山／落花生

許地山（一八九三～一九四一），原名許贊堃，筆名就叫落華生。他生於臺南，長於漳州、廣州，學在北京，死在香港。他研究文學與宗教，提倡人道和民主，是「五四」運動、新文學開創時期的重要作家。

許地山的散文小品，以理趣、情趣見長，而不以辭采取勝。情趣，是從家庭和諧的關係表現出來的。理趣，是從家人務實的觀點表現出來的。在自然然的描述裡，在平平常常的談話中，寫出了落花生最真實最可貴的意義。

範文

落花生

許地山

我們屋後有半畝隙地。母親說：「讓它荒蕪著怪可惜，既然你們那麼愛吃花生，就闢來做花生園罷。」我們幾姊弟和幾個小丫頭都很喜歡——買種的買種，動土的動土，灌園的灌園；過不了幾個月，居然收穫了！

媽媽說：「今晚我們可以做一個收穫節，也請你們爹爹來嚐嚐我們底新花生，如何？」我們都答應了。母親把花生做成好幾樣的食品，還吩附這節期要在園裡底茅亭舉行。

那晚上底天色不大好，可是爹爹也到來，實在很難得！爹爹說：「你們愛吃花生麼？」

我們都爭著答應：「愛！」

「誰能把花生底好處說出來？」

姊姊說：「花生底氣味很美。」

哥哥說：「花生可以製油。」

我說：「無論何等人都可以用賤價買它來吃；都喜歡吃它。這就是它的好處。」

爹爹說：「花生底用處固然很多；但有一樣是很可貴的。這小小的豆不像那好看的蘋果、桃子、石榴，把它們底果實懸在枝上，鮮紅嫩綠的顏色，令人一望而發生羨慕的心。它只把果子埋在地底，等到成熟，才容人把它挖出來。你們偶然看見一棵花生瑟縮地長在地上，不能立刻辨出它有沒有果實，非得等到你接觸它才能知道。」

我們都說：「是的。」母親也點點頭。爹爹接下去說：「所以你們要像花生，因為它是有用的，不是偉大、好看的東西。」我說：「那麼，人要做有用的人，不要做偉大、體面的人了。」爹爹說：「這是我對於你們的希望。」

我們談到夜闌才散，所有花生食品雖然沒有了，然而父親底話現在還印在我心版上。

【解讀】

許地山（一八九三～一九四一），原名許贊堃，筆名就叫落華生。「華」就是「花」。他生於臺南，長於漳州、廣州，學在北京，死在香港。曾留學美國和英國，並曾赴印度研究梵文和佛學。他研究文學與宗教，提倡人道和民主，是「五四」運動、新文學開創時期的重要作家。民國十一年（一九二二），他把「隨感隨記」的一些散文小品，共四十三篇，輯為《空山靈雨》，發表在《小說月報》第十三卷第四號至第八號。〈落花生〉就是其中的一篇。

許地山的散文小品，以理趣見長，而不以辭采取勝。例如他寫的〈面具〉一文，開頭第一句就說：「人面原不如那紙製的面具喲！」難免叫人陡然一驚。但你看他下文如何比較面具和人面，也就釋然開懷了：

無論你怎樣褒獎，怎樣棄嫌，它們一點都不改變。紅的還是紅，白的還是白，目眥欲裂的還是目眥欲裂。

人面呢？顏色比那紙製的小玩意兒好而且活動，帶著生氣。可是你褒獎他的時候，他雖是很高興，臉上卻裝出很不願意的樣子；你指摘他的時候，他雖是懊惱，臉上偏偏要顯出勇於納言的顏色。

然後，許地山這樣下了結論：

人面到底是靠不住呀！我們要學面具，但不要戴它，因為面具後頭應當讓它空著才好。

文字雖然樸實無華，但卻充滿了理趣。另外，像他寫的〈蟬〉一文，篇幅很短，只有一百多字：

急雨之後，蟬翼濕得不能再飛了。那可憐的小蟲在地面慢慢地爬，好容易爬到不老的松根上頭。松針穿不牢的雨珠從千丈高處脫下來，正滴在蟬翼上。蟬嘶了一聲，又從樹底露根摔到地上了。

雨珠，你和它開玩笑麼？你看，螞蟻來了！野鳥也快要看見它了。

文字簡潔，觀察細膩，字裡行間，一片禪機，充滿著空靈之美。他對小動物的描寫，真是令人賞玩不盡。可見許地山的作品，除了理趣之外，還富於情趣。理趣加上情趣，也就是〈落花生〉一文的特色。

落花生，即花生米，臺語「土豆」，這是很能代表臺灣本土的產物。它就像文中父親所說的那樣：「它只把果子埋在地底，等到成熟，才容人把它挖出來。」它的花不美麗，因為不注重浮華不實的外表，所以沒有鮮紅嫩綠的顏色。「它是有用的，不是偉大、好看的東西。」這比喻做人的道理，要重實質而去虛榮，要做有用的人而不貪圖名利。這層意義，是從現實生活中深刻的觀察才獲得的，一經人說出，似乎就不稀奇了。作者文中藉由家人親切的談話，平平實實道來，自有無窮的情趣和理趣。

情趣，是從家庭和諧的關係表現出來的。家人都喜歡吃花生，所以母親就建議種花生；家人同心協力，買種的買種，動土的動土，灌園的灌園，不但幾個姊弟都參加，連幾個小丫頭也都喜歡，所以過不了幾個月，「居然收穫了！」的「居然」二字，充滿了多少欣喜。慶祝收穫的晚上，父親問他們愛不愛吃花生，他們爭著回答；父親問他們花生的好處，他們姊弟三人依序回問，分別說出花生有「氣味很美」、「可以製油」、「無論何等人都可以用賤價買它」等等不同的好處；等到父親說出花生真正值得人們效法的好處，他們都說：「是的」，連母親也點點頭。這樣溫馨和諧的生活情景，在舊式傳統家庭中是難得見到的。

理趣，是從家人務實的觀點表現出來的。屋後有半畝空地，任它荒蕪怪可惜的，所以母親務實地提出建議，闢為花生園；闢為花生園後，姊弟幾人肯務實地分工合作，所以才能順利地有了收穫；慶祝收穫的晚上，父親問花生有什麼好處，姊弟都各自務實地回答，更務實的是，父親不僅說出花生實而不華的好處，而且還期許大家要像花生，做個有用的人，不要只顧體面。這是託物言志，藉花生來說明人生的道理了。這也就是理趣。

這樣的文章，平淡無奇，說不定會有讀者以為它沒有什麼了不起——作者本來就不希望有人說它了不起，他只要人做個有用的人，不必做偉人，他只是寫真情實事，希望對讀者有些實質的意義。在民國初年的文壇，從破舊到創新的過程中，爭奇鬥豔的作家作品不少，像許地山這樣用樸實簡潔的白話來創作的人卻不多，這或許也是許地山一直受到後人重視的原因。

民初名作家老舍〈敬悼許地山先生〉文中曾說：「地山是我的最好的朋友」，他還另外寫了一篇題目相同的〈落花生〉，是說明文，寫法雖然不同，但和許地山的〈落花生〉合而觀之，應該對學習寫作的朋友，有一定程度的啟發作用。

【作法】

寫落花生，就像寫其他農產品一樣，可以寫它的形狀、味道、用途等等，也可以像古代的「詠物」、「體物」詩賦一樣，對它加以擬人化的歌詠。可是作者許地山卻以自然之筆，寫自然之事，言自然之情，在自自然然的描述裡，在平平常常的談話中，寫出了它最真實最可貴的意義。

文章從大家喜歡吃花生寫起，然後寫屋後花生園的開闢，買種、動土、灌園、收穫的過程，只用寥寥幾筆就交代過去了。因為作者寫作的主旨不在這裡，他要強調的不是落花生的審美價值或實用價值，而是在於它的教育意義。

為了說明落花生的教育意義，說明它對做人的道理有什麼啟示作用，所以作者把大部分的篇幅用來記敘家人談論有關花生的話題。先由姊弟數人分別說出落花生的其他好處，最後才由父親具體地說出落花生對於人生的真正意義。

作者父親的解釋，其實已經超越了落花生的審美價值和實用價值，把它提昇到一個人生哲學的層次上去了。不過，也因為如此，作者文末所說的：「父親底話現在還印在我心版上」，才有著落，而這篇樸實無華的文章，也才有了比較深刻的意義。

思考與練習

一、除了落花生以外，臺灣還有哪些著名的農產品？試舉一、二種，並說明它們的特色。

二、許地山的散文，一般都比較簡短，這種文章要寫得好，其實並不容易，請你找出老舍的〈落花生〉來做比較。

三、文中像「我們底新花生」、「那晚上底天色不大好」、「花生底好處」等等，「底」也可寫作「的」。民初作家有人認為二者宜加辨別，你認為有沒有必要？理由是什麼？

四、請你想想如何用詩歌的體裁，來寫一首讚美落花生的詩。

第4講 冰心／寄小讀者（七）

冰心（一九〇〇～一九九九），原名謝婉瑩，福建長樂縣人，生於福州。她是現代著名的女作家，詩歌散文清新雋永，小說則婉轉有致。寫作的題材，主要是歌頌母愛，表現童心和描寫大自然。

自然景色和母愛、往事的交疊，是冰心散文在題材內容上的最大特色。文字優美，不在言下，最可貴的是不管寫什麼景物，都能把握它們的特色和重點。寫海景，表現的是宏美的境界；寫湖景，表現的是優美的境界。

範文

寄小讀者（七）

冰心

親愛的小朋友：

八月十七的下午，約克遜號郵船無數的窗眼裡，飛出五色飄揚的紙帶，遠遠的拋到岸上，任憑送別的人牽住的時候，我的心是如何的飛揚而淒惻！

癡絕的無數的送別者，在最遠的江岸，僅僅牽著這終於斷絕的紙條兒，放這龐然大物，載著最重的離愁，飄然西去！

船上生活，是如何的清新而活潑。除了三餐外，只是隨意遊戲散步。海上的頭三日，我竟完全回到小孩子的境地中去了，套圈子，拋沙袋，樂此不疲，過後又絕然不玩了。後來自己回想很奇怪，無他，海喚起了我童年的回憶，海波聲中，童心和遊伴都跳躍到我腦中來。我十分的恨這次舟中沒有幾個小孩子，使我童心來復的三天中，有無猜暢好的遊戲！

我自少住在海濱，卻沒有看見過海平如鏡。這次出了吳淞口，一天的航程，一望無際儘是粼粼的微波。涼風習習，舟如在冰上行。到過了高麗界，海水竟似湖光。藍極綠極，凝成一片。斜陽的金光，長蛇般自天邊直接到欄旁人立處。上自穹蒼，下至船前的水，自淺紅至於深翠，幻成幾十色，一層層，一片片的漾開了來。……小朋友，恨我不能畫，文字竟是世界上最無用的東西，寫不出這空靈的妙景！

八月十八夜，正是雙星渡河之夕。晚餐後獨倚欄旁，涼風吹衣。銀河一片星光，照到深黑的海上。遠遠聽得樓闌下人聲笑語，忽然感到家鄉漸遠。繁星閃爍著，海波吟嘯著，凝立悄然，只有惆悵。

十九日黃昏，已近神戶，兩岸青山，不時的有漁舟往來。日本的小山多半是圓扁的，大家說笑，便道是「饅頭山」。這饅頭山沿途點綴，直到夜裡，遠望燈光燦然，已抵神戶。船徐徐停住，便有許多人上岸去。我因太晚，只自己又到最高層上，初次看見這般璀璨的世界，天上微月的光，和星光、岸上的燈光，無聲相映。不時的還有一串光明從山上橫飛過，想是火車周行。……舟中寂然，今夜沒有海潮音，靜極心緒忽起：「倘若此時母親也在這裡……」我極清晰的憶起北京來。小朋友，恕我，不能往下再寫了。

一九二三年八月二十日，神戶

朝陽下轉過一碧無際的草坡，穿過深林，已覺得湖上風來，湖波不是昨夜欲睡如醉的樣子了。——悄然的坐在湖岸上，伸開紙，拿起筆，擡起頭來，四圍紅葉中，四面水聲裡，我要開始寫信給我久違的小朋友。小朋友猜我的心情是怎樣的呢？

水面閃爍著點點的銀光，對岸義大利花園裡亭亭層列的松樹，都證明我已在萬里外。小朋友，到此已逾一月了，便是在日本也未曾寄過一字，說是對不起呢，我又不願！

我平時寫作，喜在人靜的時候。船上卻處處是公共的地方，艙面欄邊，人人可以來到。海景極好，心胸卻難得清平。我只能在晨間絕早，船面無人時，隨意寫幾個字，堆積至今，總不能整理，也不願草草整理，便遲延到了今日。我是尊重小朋友的，想小朋友也能尊重原諒我！

許多話不知從哪裡說起，而一聲聲打擊湖岸的微波，一層層的沒上雜立的湖石，直到我蔽膝的氈邊來，似乎要求我將她介紹給我的小朋友。小朋友，我真不知如何的形容介紹她！她現在橫在我的眼前。湖上的月明和落日，湖上的濃陰和微雨，我都見過了，真是儀態萬千。小朋友，我的親愛的人都不在這裡，便只有她——海的女兒，能慰安我了。Lake Waban，諧音會意，我便喚她做「慰冰」。每日黃昏的遊泛，舟輕如羽，水柔如不勝槳。岸上四圍的樹葉，綠的，紅的，黃的，白的，一叢一叢的倒影到水中來，覆蓋了半湖秋水。夕陽下極其豔冶，極其柔媚。將落的金光，到了樹梢，散在湖面。我在湖上光霧中，低低的囑咐它，帶我的愛和慰安，一同和它到遠東去。

小朋友！海上半月，湖上也過半月了，若問我愛哪一個更甚，這卻難說。——海好像我的母親，湖是我的朋友。我和海親近在童年，和湖親近是現在。海是深闊無際，不著一字，她的愛是神祕而偉大的，我對她的愛是歸心低首的。湖是紅葉綠枝，有許多襯托，她的愛是溫和嫵媚的，我對她的愛是清淡相照的。這也許太抽象，然而我沒有別的話來形容了！

小朋友，兩月之別，你們自己寫了多少，母親懷中的樂趣，可以說來讓我聽聽麼？——這便算是沿途書信的小序。此後仍將那寫好的信，按序寄上。日月和地方，都因其舊，「弱遊」的我，如何自太平洋東岸的上海繞到大西洋東岸的波士頓來，這些信中說得很清楚，請在那裡看罷！

不知這幾百個字，何時方達到你們那裡，世界真是太大了！

一九二三年十月十四日，慰冰湖畔，威爾斯利

【解讀】

冰心（一九〇〇～一九九九），原名謝婉瑩，福建長樂縣人，生於福州。她是現代著名的女作家，詩歌散文清新雋永，小說則婉轉有致。寫作的題材，主要是歌頌母愛，表現童心和描寫大自然。

〈寄小讀者〉最初題為〈給兒童世界的小讀者〉，是冰心赴美留學期間（一九二三年七月至一九二六年九月）為北京《晨報副鐫》的「兒童世界」專欄所寫的通訊。前後共二十九篇，這裡選的是第七篇，包括在日本神戶和在美國威爾斯利所寫的兩個部分。

民國十二年（一九二三）夏，冰心自燕京大學獲得文學士之後，八月三日即離開北京，前往上海，踏上留學美國的「壯遊」之路。八月十七日搭乘「約克遜」號郵船離開上海，經過高麗（韓國）海界，於十九日的晚上抵達日本神戶，次日寫下這篇通訊的第一部分。接著在二十一日冒雨遊覽橫濱之後，又啟航遠向美國，於該年九月九日到達美國東岸的波士頓。九月十七日正式在威爾斯利女子學院入學讀書。這篇通訊的第二部分，即作於抵達不久之後的十月十四日。

前六篇通訊主要是記敘從北京搭乘火車到上海途中的所見所感，這第七篇則記從上海搭乘郵輪初抵日本神戶和美國波士頓時所見的景物，以及心中的感觸，可以說是她赴美留學、遠渡重洋的序曲。

第一部分是八月二十日在日本神戶所記。開頭先從八月十七日郵輪離開上海寫起，寫離開親朋和祖國海岸時的雀躍與悽惻，寫海上頭三天經過韓國到達日本神戶的見聞和感懷。

年輕順利出國留學，心情當然是欣喜雀躍的，更何況面對遼闊的海洋，能夠重溫少小住在福建海濱的生活記憶。即使在船上隨意散步和遊戲，也使作者「童心來復」，喚起了童年的回憶。但離鄉去國，辭親遠行，畢竟也是令人黯然消魂的事，所以當郵輪逐漸遠離吳淞岸口，當作者初覽海上風光的時候，她不由想起逐漸遠離的家國和親人。這種種的感觸，是透過夕陽和夜晚的海上景觀來表現的。

從上海到神戶，前後三天，作者對海景的描述，三天描寫的重點，各有不同。八月十七日下午啟航，憑欄看海，一望無際，盡是微波粼粼，涼風習習，船如在冰上行。這是描寫當天海平如鏡的景色。尤其是船經高麗（今日韓國）國界時，正是黃昏，「海水竟似湖光。藍極綠極，凝成一片。斜陽的金光，長蛇般自天邊直接到欄旁人立處。上自穹蒼，下至船前的水，自淺紅至於深翠，幻成幾十色，一層層，一片片的漾開了來。」這樣的描寫，真是美極麗極，可是作者卻還說恨她不能畫，真是謙虛。

八月十八夜，正是那一年的農曆七夕，牛郎織女要渡河相會。作者別的事情都沒有記，只寫晚餐後，獨倚欄旁。這時候，「涼風吹衣。銀河一片星光，照到深黑的海上」，「繁星閃爍著，海波吟嘯著」。作者說她「凝立悄然，只有惆悵」，這與她離開人群，獨倚欄旁，想起漸行漸遠的家鄉有關。「遠遠聽得樓欄下人聲笑語」一句，一則點出她的獨倚凝立，一則對照她的隻身遠行。

八月十九日，從黃昏船近神戶寫到夜泊岸口的景色。很多旅客上岸去了，作者卻獨自留在船上寫這篇寄給小讀者的通訊。她如此描寫神戶燈光燦然的夜晚：「初次看見這般璀璨的世界，天上微月的光，和星光、岸上的燈光，無聲相映。不時的還有一串光明從山上橫飛過，想是火車周行。」面對這美麗的異國夜景，不由使她想起遠方的母親和北京。自然景色和母愛、往事常常交疊，這也是冰心散文在題材內容上的最大特色。

第二部分是十月十四日在美國威爾斯利慰冰湖畔所寫。第一部分寫海上宏美的景色，這一部分寫的則是湖邊優美的風光。

作者在神戶寫了八月二十日第一部分之後，因為船上是公眾場所，艙面欄邊，人人可以來到，所以她只能「在晨間絕早，船面無人時，隨意寫幾個字，堆積至今，總不能整理，也不願草草整理，便遲延到了今日。」經過海上半個月的航行，她於九月九日到達大西洋東岸的美國波士頓，隨即辦理入學手續，進入威爾斯利女子學院深造。學校就在慰冰湖畔，景色非常優美。可是由於作者近兩個月來旅途勞頓，生活緊張，等到能靜下心來，觀賞湖上風光，並且續成這第七篇通訊的時候，已是十月中旬了。

很顯然，作者是極喜歡這慰冰湖畔的風光。她筆名冰心，把這湖名譯為「慰冰」，可以想見這湖可以給她心靈的安慰，為她排解多少親思鄉愁。她文中自己說：「小朋友，我的親愛的人都不在這裡，便只有她——海的女兒，能慰安我了。」而且也以為只有它才能把作者的愛和慰安，帶回遠東。

作者對於慰冰湖景色的描寫，非常優美動人。當時是楓葉紅黃的秋天，湖在「四圍紅葉中」，「水面閃爍著點點的銀光」。「湖上的月明和落日，湖上的濃陰和微雨，我都見過了，真是儀態萬千。」早上，「朝陽下轉過一碧無際的草坡，穿過深林，已覺得湖上風來，湖波不是昨夜欲睡如醉的樣子了。」而「每日黃昏的遊泛，舟輕如羽，水柔如不勝槳。岸上四圍的樹葉，綠的，紅的，黃的，白的，一叢一叢的倒影到水中來，覆蓋了半湖秋水。夕陽下極其豔冶，極其柔媚。將落的金光，到了樹梢，散在湖面。」而湖的對岸，可以看到義大利花園裡亭亭層列的松樹。這是多麼優美的景色啊！作者在這樣優美的環境中，「悄然的坐在湖岸上，伸開紙，拿起筆，擡起頭來，四圍紅葉中，四面水聲裡，我要開始寫信給我久違的小朋友。」讀者想想，這又是多麼令人嚮往的生活情調啊！

作者在這篇通訊中，把第一部分的海上景觀和這第二部分的湖上風光拿來做比較。她這樣說：「海好像我的母親，湖是我的朋友。我和海親近在童年，和湖親近是現在。」而且她唯恐說得太簡單，還作了進一步的形容：「海是深闊無際，不著一字，她的愛是神祕而偉大的，我對她的愛是歸心低首的。湖是紅葉綠枝，有許多襯托，她的愛是溫和嫵媚的，我對她的愛是清淡相照的。」意思是：她懷念的是母親和小朋友。第一部分懷念的對象，主要是母親；第二部分懷念的對象，主要是看她通訊的小讀者。貫串這兩個部分的，則是她純真的童心。

波士頓慰冰湖，在美國。有為冰心散文作賞析文字的人，說是在義大利，那是美麗的誤會。慰冰湖邊是有義大利公園，但那只是公園的名稱而已。一九八五年的秋天，我訪問哈佛大學時，曾與友人驅車到威爾斯利女子學院參觀，也曾特地去慰冰湖畔流連。那確實是一個景色美麗的地方。

【作法】

這篇文章依寫作時間的不同，可以分為兩個部分。整個寫作時間，從一九二三年八月十七日至十月十四日，前者寫自上海搭乘郵輪到日本神戶的前三天海上旅程，後者則寫九月初旬抵達美國波士頓後的慰冰湖上風光。本來是可以分為兩篇的，但因為作者把它們合為一篇通訊稿，同時寄給當時的北京《晨報》發表，同樣獻給兒童世界的小讀者，都是描寫留美生活的序曲，所以歷來把它們視為一體。

從內容題材看，這前後兩個部分，都寫大自然的景色，都寫對母親和小朋友的懷念，但從形式技巧看，則前後各有不同的寫作重點。前者寫海景，後者寫湖景。寫海景，只寫前三天海上的景觀，第三天以後一直到九月初旬，換句話說，從日本神戶到大西洋東岸波士頓的海上旅程，則略而不提了。原因可以推測，海景恐怕和前三天所描寫的，不會有什麼大的差異了，更何況像作者文中所言，船上本來就不便於寫作，而且旅途勞頓，行程緊張，偶而還生了小病，也比較沒有餘暇和心情。必須等到一切就緒、生活安頓、心有餘閒以後，才可能重新拾筆作文。如果忙亂中還勉強寫作，恐怕寫不好。

第一部分寫海景，前三天寫的景觀，側重點每一天都不一樣。上文已經分析了，不再重複。第二部分寫湖景，則是將多時的觀感混合來寫，不是逐日按時間的先後來寫，也不是逐一按空間的順序來寫，而是將九月中旬以後的生活，配合慰冰湖的秋天景色來寫。文字優美，不在言下，最可貴的是作者寫什麼景物，都能把握它們的特色和重點。雖然同樣寫大自然，但第一部分表現的是宏美的境界，而第二部分表現的則是優美的境界。作者將前者比成母親的愛，神祕而偉大，將後者比為對小讀者的關心，清淡而相照。這些比喻，都是頗為恰當而有趣的對照。

光看冰心的〈寄小讀者·通訊七〉，一九二三年八月二十到九月初旬，從日本神戶到美國東岸波士頓的海上旅程中，好像她再沒有什麼記述文字了，其實不然。在冰心的詩集中，我們可以發現在該年的八月下旬，她就有一些懷鄉思親的詩篇。例如八月二十五日寫的〈惆悵〉，就有這樣的詩句：

當岸上燈光，

水上星光，
無聲地遙遙相照。
蒼茫裡，
倚著高欄，
只聽見微擊船舷的波浪。
我的心
是如何的惆悵——無著。

夢裡的母親
來安慰病中的我，
絮絮地溫人的愛語——
幾次醒來，
藥杯兒自不在手裡。
海風壓衾，

明燈依然，
我的心
是如何的惆悵——無著。

像八月二十七日寫的〈鄉愁〉和〈紙船——寄母親〉等詩，也都對母親和遠方的故鄉寄上無比的懷念。她在〈紙船〉詩中，說她疊了一隻一隻的小紙船，從舟上拋下到海裡。雖然有的被天風吹捲到船窗裡，有的被海浪打濕，沾在船頭上。但她不灰心，仍然每天疊著它，總希望有一隻能流到她要它去的地方。最後的一段是這樣寫的：

母親，倘若你夢中看見一隻很小的白船兒，
不要驚訝它無端入夢。
這是你至愛的女兒含著淚疊的，
萬水千山，求它載著她的愛和悲哀歸去。

像這樣的詩篇不但可以補散文記述的不足，而且可以讓我們更進一步了解作者當時的心境。可見閱讀作家的作品，應該合其整體而觀之，這樣也才能觸類旁通，不會眼光窄小。

思考與練習

一、冰心為小讀者寫的這篇通訊稿，其實應該分為兩篇，她為什麼把它們合在一起？如果分開，你可以為它們取什麼樣的題目？

二、作者不論寫海景或湖景，都有出色之處，請你指出來，並比較它們不同的特色和重點。

三、你能否用自己的觀察，寫一篇描寫海景或湖景的短文。

第5講　周作人／故鄉的野菜

周作人（一八八五～一九六七），浙江紹興人，魯迅之弟。曾留學日本，歷任北京大學等校教授，並曾參與《新青年》、《語絲》等刊物的編輯工作。他的散文小品，平淡幽雅，文白夾雜，別具一格。

周作人的散文，寫情不會熱烈，敘事沒有洄瀾，但仔細品味，卻往往令人有苦茶回甘的感覺。他的文字平淡卻簡潔，感情平淡卻有味，這樣的記敘文，要有很深厚的根柢和功力，不是一般人可以達到的。

範文

故鄉的野菜

周作人

我的故鄉不止一個，凡我住過的地方都是故鄉。故鄉對於我並沒有什麼特別的情分，只因釣於斯、游於斯的關係，朝夕會面，遂成相識，正如鄉村裡的鄰舍一樣，雖然不是親屬，別後有時也要想念到他。我在浙東住過十幾年，南京、東京都住過六年，這都是我的故鄉；現在住在北京，於是北京就成了我的家鄉了。

日前我的妻往西單市場買菜回來，說起有薺菜在那裡賣著，我便想起浙東的事來。薺菜是浙東人春天常吃的野菜，鄉間不必說，就是城裡只要有後園的人家都可以隨時採食，婦女小兒各拿一把剪刀一隻「苗籃」，蹲在地上搜尋，是一種有趣味的遊戲的工作。那時小孩們唱道：「薺菜馬蘭頭，姊姊嫁在後門頭。」後來馬蘭頭有鄉人拿來進城售賣了，但薺菜還是一種野菜，須得自家去採。關於薺菜，向來頗有風雅的傳說，不過這似乎以吳地為主。《西湖遊覽志》云：「三月三日，男女皆戴薺菜花。」諺云：「三春戴薺花，桃李羞繁華。」顧祿的《清嘉錄》上亦說：「薺菜花，俗呼野菜花，因諺有『三月三，螞蟻上灶山』之語，三日人家皆以野菜花置灶陘上，以厭蟲蟻。侵晨村童叫賣不絕。或婦女簪髻上以祈清目，俗號眼亮花。」但浙東卻不很理會這些事情，只是挑來做菜或炒年糕吃罷了。

黃花麥果，通稱鼠麴草，係菊科植物，葉小，微圓互生，表面有白毛，花黃色，簇生梢頭。春天採嫩葉，搗爛去汁，和粉作糕，稱黃花麥果糕。小孩們有歌讚美之云：

黃花麥果韌結結，
關得大門自要吃：
半塊拿弗出，一塊自要吃。

清明前後掃墓時，有些人家——大約是保存古風的人家——用黃花麥果作供，但不作餅狀，做成小顆如指頂大，或細條如小指，以五六個作一攢，名曰繭果，不知是什麼意思。或因蠶上山時設祭，也用這種食品，故有是稱，亦未可知。自從十二三歲時外出，不參與外祖家掃墓以後，不復見過繭果，近來住在北京，也不再見黃花麥果的影子了。日本稱作「御形」，與薺菜同為春天的七草之一，也採來做點心用，狀如艾餃，名曰「草餅」，春分前後多食之，在北京也有，但是吃去總是日本風味，不復是兒時的黃花麥果糕了。

掃墓時候所常吃的還有一種野菜，俗稱草紫，通稱紫雲英。農人在收穫後，播種田內，用作肥料，是一種很被賤視的植物，但採取嫩莖瀹食，味頗鮮美，似豌豆苗。花紫紅色，數十畝接連不斷，一片錦繡，如鋪著華美的地毯，非常好看，而且花朵狀若蝴蝶，又如雞雛，尤為小孩所喜，間有白色的花，相傳可以治痢，很是珍重，但不易得。日本《俳句大辭典》云：「此草與蒲公英同是習見的東西，從幼年時代便已熟識，在女人裡邊，不曾採過紫雲英的人，恐未必有罷。」中國古來沒有花環，但紫雲英的花球卻是小孩常玩的東西，這一層我還替那些小人們欣幸的。浙東掃墓用鼓吹，所以少年們常隨了樂音去看「上墳船裡的姣姣」；沒有錢的人家雖沒有鼓吹，但是船頭上、篷窗下總露出些紫雲英和杜鵑的花束，這也就是上墳船的確實的證據了。

【解讀】

周作人（一八八五～一九六七），浙江紹興人，魯迅二弟。曾留學日本，歷任北京大學等校教授，並曾參與《新青年》、《語絲》等刊物的編輯工作。他的散文小品，平淡幽雅，別具一格。著有《自己的園地》、《雨天的書》等書。〈故鄉的野菜〉一文，作於民國十三年（一九二四）二月，收在次年出版的《雨天的書》裡。

周作人的散文風格，一向平淡幽雅，文字有些文白夾雜，寫情不會熱烈，敘事沒有洄瀾，但仔細品味，卻往往令人有苦茶回甘的感覺。〈故鄉的野菜〉就具有這樣的特色。

這篇文章分析起來，有兩個重點，一是故鄉，一是野菜，而寫作的重心則在後者。全文共四段，後面的三大段，分別介紹故鄉春天的薺菜、黃花麥果、紫雲英三樣野菜，卻只有第一小段寫到故鄉紹興。而且寫到故鄉時，也沒有一般人濃烈的思鄉之情，反而這樣說：「我的故鄉不止一個，凡我住過的地方都是故鄉。」對於鄉土意識濃烈的中國人來說，這未免太奇怪了！

本來要寫故鄉的野菜，就表示對故鄉必然有濃烈的懷念之情，否則寫來做什麼。可是作者周作人卻不這樣想，他只淡淡地說：「故鄉對於我並沒有什麼特別的情分，只因釣於斯、游於斯的關係，朝夕會面，遂成相識，正如鄉村裡的鄰舍一樣，雖然不是親屬，別後有時也要想念到他。」因此，出生地的浙東紹興，分別住過六年的南京、東京，以及當時他所住的北京，他都認為是他的故鄉了。

據他的說法，他是「所至有情」的人，到哪裡住過，就對哪裡有情感，別後都會懷念。但懷念是懷念，他不會像一般人那麼濃烈。

有些讀者可能會認為這是作者故弄玄虛，明明懷念紹興故鄉，卻故意作平淡語；甚至有人會以為這是反映當時作者人在北京、心在紹興的苦悶，大概他已經厭倦了塵俗的喧囂，開始嚮往寧靜的田園生活。這樣的解讀，都可謂心存厚道，替周作人緩頰，免得別人批評作者不懷鄉、不愛國。事實上，作者周作人未必有如此想法。他只是實話實說，不很在乎別人的感受。

他在《雨天的書》散文集中，有一篇〈與友人論懷鄉書〉，寫作年月是民國十四年（一九二五）五月七日，顯然與此事有關。書信中周作人有下列這樣的話：

> 凡懷鄉、懷國以及懷古，所懷者都無非空想中的情景，若講事實，一樣沒有什麼可愛。
>
> ……………
>
> 照事實講來，浙東是我的第一故鄉，浙西是第二故鄉，南京第三，東京第四，北京第五，但我不一定愛浙江。
>
> 在中國我覺得還是北京最為愉快，可以住居，除了那春夏的風塵稍為可厭。以上五處之中，常常令我懷念的倒是日本的東京以及九州關西一帶的地

方。因為在外國與現實社會較為隔離，容易保存美的印象，或者還有別的原因。

……

在事實方面，你所說的努力用人力發展自然與人生之美，使牠成為可愛的世界，是很對也是很要緊的。我們從理性上說應愛國，只是因為不把本國弄好，我們個人也不得自由生存，所以這是利害上的不得不然，並非真是從感情上來的、離了利害關係的愛。要使我們真心地愛這國或鄉，須得先把牠弄成可愛的東西才行。

從這些書信中的話看來，是有朋友質疑他對故鄉家國缺乏一般人應有的熱情，而他的回答，也讓我們見識到他冷靜沉著的一面。他實話實說，毫不矯飾，你可以批評他不懷鄉不愛國，但你不能不尊重他個人的意見。也因此，他在本文第一段裡對「故鄉」的交代，可謂真實反映了他當時的心情。

第二段以下，寫故鄉的野菜。他說他之所以想起這些浙東故鄉的野菜，是由於妻子在北京西單市場買菜回來，「說起有薺菜在那裡賣著」而引起的。接下去，才逐段分別介紹了薺菜、黃花麥果、紫雲英三種春天野菜的俗稱、形狀、色澤和用途。所謂野菜，當然是隨處可見，不是珍貴的東西。

第二段提到的薺菜，是浙東人春天常吃的野菜。不管是城裡鄉間，隨處可見，隨時可以採食。「婦女小兒各拿一把剪刀、一隻『苗籃』，蹲在地上搜尋，是一種有趣味的遊戲的工作」，即為了說明這一點。薺菜之微賤如草，也於此可以想見。引用明代田汝成《西湖遊覽志》和清代顧祿《清嘉錄》，則是為了說明在吳中江蘇等別的地方，暮春三月的時節，薺菜花，又稱野菜花或眼亮花，頗有一些風雅的傳說，例如可以把薺菜花置灶陘上，以厭蟲蟻，也可以插戴鬢髻，以祈清目。可是作者說他們浙東人「卻不很理會這些事情，只是挑來做菜或炒年糕吃罷了」，可見薺菜在浙東人的心目中，真的只是一種野菜罷了。

第三段介紹黃花麥果，一稱鼠麴草。「葉小，微圓互生，表面有白毛，花黃色，簇生梢頭」，這是描寫它的形狀。「春天採嫩葉，搗爛去汁，和粉作糕，稱黃花麥果糕」，或在「清明前後掃墓時」，「用黃花麥果作供」，製成指頭形狀的祭品，「名曰繭果」，這是說明它的用途。作者說他從十二三歲外出離鄉之後，就不復見過繭果了。後來在日本和北京，雖然在春分前後，也可以吃到黃花麥果做成的點心，但已經不是兒時的滋味了。甚至「近來住在北京，也不再見黃花麥果的影子了」。

第四段寫的是紫雲英，俗名草紫。作者介紹它的形狀和用途，是前後混在一起寫的。「農人在收穫後，播種田內，用作肥料，是一種很被賤視的植物，但採取嫩莖瀹食，味頗鮮美，似豌豆苗」，這是先寫用途。「花紫紅色，數十畝接連不斷，一片錦繡，如鋪著華美的地毯，非常好看。而且花朵狀若蝴蝶，又如雞雛，尤為小孩所喜」，這是寫它形狀景觀。「間有白色的花，相傳可以治痢，很是珍重，但不易得」，這是補敘，但說的已是野菜中的珍品了。

最後，作者再引用日本《俳句大辭典》的說法，來說明紫雲英在日本和蒲公英一樣，都是婦女所慣見之物，而在作者的故鄉浙東，清明掃墓的時節，不但小孩子用它編成花球玩，連上墳掃墓的窮家婦女，也用它做為船頭上、篷窗下裝扮的花束呢。最後一小段文字，景中帶情，頗有餘韻，令人回味。

文字平淡卻簡潔，感情平淡卻有味，這樣的記敘文，要有很深厚的根柢和功力，不是一般人可以達到的。

【作法】

這篇文章的寫作重心，是寫作者故鄉的薺菜、黃花麥果、紫雲英等幾樣野菜。故鄉可記的人、事、景、物很多，不止這幾樣野菜；這幾樣野菜的產地，天下多的是，也不止浙東紹興一帶才有。何況，所謂野菜，本來就不是什麼珍貴的物品，何必特此一記？因此，作者標這個題目，表示他寫作的重心，主要不是懷念故鄉，也不是特地要介紹這幾樣野菜，恰恰是他的妻子偶然間提到市場有賣薺菜，讓他想起故鄉的這幾樣野菜而已。

也因為文章的重點，只在寫故鄉春天的幾樣野菜，所以有關故鄉的部分，只寫了一段文字，略作交代就轉開話題了。令人詫異的是，作者的故鄉明明是浙江紹興，而且文中的所謂故鄉也明明是指這裡，可是，他雖然不否認，卻在文章開頭就這樣說：「我的故鄉不止一個，凡我住過的地方都是故鄉。」這種寫法，和一般記敘故鄉風物的作者大不相同，很容易引人注目，或引人非議。可是作者卻據實而言，不太理會。因為他並沒有說不懷念故鄉，只是說明他住過的地方都有值得懷念的事物，都可以當做故鄉而已。這種想法，在民國初年政局混亂的文人社會裡，因為祈望世界大同，因而忽視家國意識的，恐怕不止作者一人。

因為作者對第一故鄉紹興，沒有一般人那樣濃烈的思鄉之情，所以他所回憶的故鄉野菜，可以用平淡的心情、平淡的文字來敘寫。他所回憶的薺菜、黃花麥果和紫雲英，都停留在他少年以前的歲月裡，而且都是春天三月時的產物。所以他寫每一種野菜，都提到童謠和清明掃墓等等事物，也會把他後來在北京、日本等地的生活見聞，拿來比較對照。

一方面他沒有忘記所謂野菜的「野」，所以寫各種野菜的形狀、用途時，能引用一些中外典故，兼顧了它們民俗上的意義；另一方面，在描寫這些野菜時，也確實把握住它們形狀或用途上的特徵。例如在形狀特徵方面，寫薺菜的微小，婦女小孩要拿著剪刀蹲在地上找；寫黃花麥果和紫雲英時，分別用微觀的角度來寫黃花麥果的花葉，而用宏觀的視野來寫紫雲英的一片錦繡，如鋪地毯一般。在用途方面，寫別的地方薺菜有風雅的傳說，而浙東人則只挑來做菜或炒年糕之用；寫黃花麥果做成繭果的過程，則頗詳細，很有地方特色；寫紫雲英的用途很多，最有趣的是還可以做成小孩玩的花球，和窮人婦女搭船上墳時的裝飾。至於引用童謠俗諺及中外典故，也都能與敘述文字配合無間，發揮了交代明白、巧妙過渡的好處。

思考與練習

一、魯迅和周作人是親兄弟，從〈自言自語〉和〈故鄉的野菜〉這兩篇文章中，你覺得他們對故鄉有什麼樣不同的情感？他們寫作的重點有什麼不同？

二、你覺得在文章裡常引用古人或古書上的文字好不好？為什麼？

三、你是不是也能用書信體寫一封信給你的朋友，介紹你家鄉的特產。

第6講　朱自清／月朦朧，鳥朦朧，簾捲海棠紅

朱自清（一八九八～一九四八），祖籍浙江紹興，生於揚州。他是現代著名的詩人和散文作家。

把景物加以擬人化的形容，是朱自清散文的一大特色。將純淨的圓月比成「如一張睡美人的臉」；形容嫩綠的葉子，「彷彿掐得出水似的」；形容枝幹欹斜而騰挪，「如少女的一隻臂膊」等等，這些刻意用心的形容摹畫，是值得肯定的。

範文

月朦朧，鳥朦朧，簾捲海棠紅

朱自清

這是一張尺多寬的小小的橫幅，馬孟容君畫的。上方的左角，斜著一卷綠色的簾子，稀疏而長；當紙的直處三分之一，橫處三分之二。簾子中央，著一黃色的，茶壺嘴似的鉤兒——就是所謂軟金鉤麼？「鉤彎」垂著雙穗，石青色；絲縷微亂，若小曳於輕風中。紙右一圓月，淡淡的青光遍滿紙上；月的純淨，柔軟與平和，如一張睡美人的臉。從簾的上端向右斜伸而下，是一枝交纏的海棠花。花葉扶疏，上下錯落著，共有五叢；或散或密，都玲瓏有致。葉嫩綠色，彷彿掐得出水似的；在月光中掩映著，微微有淺深之別。花正盛開，紅豔欲流；黃色的雄蕊歷歷的，閃閃的。襯托在叢綠之間，格外覺著嬌嬈了。枝欹斜而騰挪，如少女的一隻臂膊。枝上歇著一對黑色的八哥，背著月光，向著簾裡。一隻歇得高些，小小的眼兒半睜半閉的，似乎在入夢之前，還有所留戀似的。那低些的一隻，別過臉來對著這一隻，已縮著頸兒睡了。簾下是空空的，不著一些痕跡。

試想在圓月朦朧之夜，海棠是這樣的嫵媚而嫣潤；枝頭的好鳥為什麼卻雙棲而各夢呢？在這夜深人靜的當兒，那高踞著的一隻八哥兒，又為何儘撐著眼皮兒不肯睡去呢？他到底等什麼來著？捨不得那淡淡的月兒麼？捨不得那疏疏的簾兒麼？不，不，不，您得到簾下去找，您得向簾中去找——您該找著那捲簾人了？他的情韻風懷，原是這樣這樣的喲！朦朧的豈獨月呢；豈獨鳥呢？但是，咫尺天涯，教我如何耐得？我拚著千呼萬喚；你能夠出來麼？

這頁畫布局那樣經濟，設色那樣柔活，故精彩足以動人。雖是區區尺幅，而情韻之厚，已足淪肌浹髓而有餘。我看了這畫，瞿然而驚；留戀之懷，不能自已。故將所感受的印象細細寫出，以誌這一段因緣。但我於中西的畫都是門外漢，所說的話不免為內行所笑。——那也只好由他了。

【解讀】

朱自清（一八九八～一九四八），祖籍浙江紹興，生於揚州。他是現代著名的詩人和散文作家。

〈月朦朧，鳥朦朧，簾捲海棠紅〉一文，是從民國十三年（一九二四）他主編的《我們的七月》（上海亞東圖書館出版）裡選出來的。民國十二年（一九二三）的初春，朱自清由台州浙江省立第六師範學校轉至溫州浙江省立第十中學擔任國文教員。著名的白話長詩〈毀滅〉和膾炙人口的美文〈槳聲燈影裡的秦淮河〉，即作於該年該校。第二年（一九二四）的二月間，他又寫了〈月朦朧，鳥朦朧，簾捲海棠紅〉和〈綠〉，並與後來在寧波所作的〈白水漈〉和〈生命的價格——七毛錢〉合稱為〈溫州的蹤跡〉。

其實〈月朦朧，鳥朦朧，簾捲海棠紅〉是題畫之作。原來是朱自清在溫州十中任教時，同校的國畫教員馬孟容，不但出身於書畫世家，而且精於畫藝（後來曾應劉海粟之邀，任教於上海藝專）。有一天，馬孟容畫了一張小小的橫幅，送給了他。朱自清對這幅畫非常欣賞，因而寫了這篇文章來做為回報。

這篇文章共三段。第一段寫畫面上的構圖。左上方斜掛著一卷綠色的簾子，簾子中央畫著一個垂著雙穗的軟金鉤。右方一圓月，滿紙青光朦朧。一枝交纏的海棠花，從簾的上端向右斜伸而下，上下錯落著，共有五叢。葉綠花紅，深淺有致。枝上歇著一對黑色的八哥鳥，都背著月光，向著簾裡。一隻高踞枝頭，眼兒半睜半閉，「似乎在入夢之前，還有所留戀似的」；一隻低些，已經縮著頸兒睡了。看起來，是「雙棲而各夢」的樣子。簾下空空的，不著一些痕跡。可見畫面上所見的景物，主要是朦朧的月光，睡眼朦朧的八哥鳥，還有那斜映簾前的海棠紅。這也就是文章標題的本意了。

作者描寫這些畫面上的景物，極見其摹物之工與寫景之巧。從空間的上下左右逐一介紹景物所在的位置、形狀、色彩、大小，層次分明；譬喻比擬，不止形似而已，而且神色活現。把景物加以擬人化的形容，本來就是作者散文的一大特色。像文中把純淨的圓月比成「如一張睡美人的臉」；形容嫩綠的葉子，「彷彿掐得出水似的」；形容枝幹欹斜而騰挪，「如少女的一隻臂膊」；等等都是。這些刻意用心的形容摹畫，用多了可能會予人繁縟之感，但適當的應用，像在新文學運動的初期，白話文學剛倡導的時候，或者對初學習寫作的青年朋友而言，它們都是值得肯定的。

第二段作者寫看了畫面上的景物後，所引起的種種遐思聯想。顯然作者把注意力集中在那對黑色的八哥身上，所以他開頭就這樣說：「試想在圓月朦朧之夜，海棠是這樣的嫵媚而嫣潤；枝頭的好鳥為什麼卻雙棲而各夢呢？」而且注意看更可以看出：作者所提的問題，全部針對著那隻高踞枝頭、眼睛半睜半閉的八哥而發。雙鳥並棲，理當同眠，那隻半睜半睡的八哥，為什麼「儘撐著眼皮兒不肯睡去呢？他到底等什麼來著？捨不得那淡淡的月兒麼？捨不得那疏疏的簾兒麼？不，不，不，您得到簾下去找，您得向簾中去找——您該找著那捲簾人了？」

「您得到簾下去找，您得向簾中去找」句中的「得」，是「必須」的意思，是告訴讀者以及看畫的人，說畫的主題，其實不在畫面上，而是在那簾外或簾中的「捲簾人」身上。但捲簾人卻不在畫面上。這也就是前人常說的「詩中情味畫中禪」。

古代的居室建築，婦女通常住在後院，門前或窗前常有簾子以為遮蔽。簾外常有庭園花木，並常於廊下設有鳥籠，籠內養鳥；簾內是深閨，閨房中住著不輕易外出的婦女。古典的詩詞中，描寫閨房中婦女傷春悲秋、懷人念遠的作品很多，描寫春天時捲簾看花賞鳥的作品也不少。像唐代溫庭筠的：「籠中嬌鳥暖猶睡，簾外落花閒不掃」，像宋代李清照的：「試問捲簾人，卻道海棠依舊」等等都是。特別是蘇東坡的〈海棠〉七絕：

東風嫋嫋泛崇光，香霧空濛月轉廊。
只恐夜深花睡去，故燒高燭照紅妝。

寫海棠開在嫋嫋的春風裡，那麼高華光澤，使得捲簾賞花的人，一直到更深夜闌的時候，即便香霧迷濛，月光朦朧，都還捨不得去睡覺，特地點起高燭，照亮紅妝美人一般的海棠花，繼續觀賞，而且看得更清楚。這樣的情境，和馬孟容所畫的這幅畫，朱自清所寫的這篇文章，在內容上即頗有可相對照處。

朱自清說那「儘撐著眼皮兒不肯睡去」的八哥，背著月光，向著簾裡，不正是暗示簾下還另有惜花人嗎？只是那捲簾的惜花人沒有畫在畫面上而已。朱自清說的：「您得到簾下去找，您得向簾中去找——您該找著那捲簾人了？」也就是要告訴讀者，這畫外有畫。

第三段是為上文作結。呼應第一段，說馬孟容的這幅畫，布局經濟，設色柔活，精彩足以動人，所以作者看了之後，留戀不已；呼應第二段，說自己感動之餘，將觀賞印象細細寫出，所說的話是否得當，自己並沒有把握。言下之意，是向畫者馬孟容及讀者請教。這是謙虛語，但說得很得體。

【作法】

看繪畫，聽音樂，是一大享受，但要把觀賞的感覺用語言文字具體的表達出來，卻極不容易。因為繪畫和音樂所給予人的視覺和聽覺的意象，美則美矣，但錯綜複雜，實在很難用語言文字具體形容。因此不能不特別注意表現技巧。

朱自清介紹馬孟容所畫的這幅畫，先把握住畫面的空間設計，從畫面上主要景物所佔的位置、比例以及形狀、色澤說起。易言之，先從布局、設色談起。畫面上方左角是一卷稀疏而長的綠色簾子，佔了畫面直處三分之一，橫處三分之二；簾子的中間，有軟金鉤，鉤垂有微風輕拂的石青色雙穗。紙右有一圓月，青光滿紙。簾子上端向右斜伸而下，畫的是一枝五叢的海棠花，葉綠花紅，玲瓏有致。枝上棲著一對黑色八哥，都背著月光，向著簾裡。一隻睡著了，一隻卻兀自半睜半閉。上下左右，有條不紊，將畫面上的月朦朧、簾捲海棠紅和鳥朦朧，都逐一細細勾勒出來了。

介紹了畫面上景物所佔的位置、形狀、色澤之後，作者才說明畫面上的景物，哪一部分最引起他的注意。一般的題畫之作，寫了上述的第一段之後，就以為可以結束了。因為畫面上所畫的，已經全加介紹了。能夠再進一步針對其中的某一部分加以描述的，已經難能可貴；能夠像作者朱自清這樣針對其中一隻眼兒半睜半閉的八哥，作題目外、畫面外的聯想的，那更是難得。為什麼牠「儘撐著眼皮兒不肯睡去呢」？作者朱自清開始逐層去推測畫者馬孟容這樣畫的用意。牠到底在等什麼？捨不得那淡淡的月兒？捨不得那疏疏的簾兒？作者認為都不是，他點出了另外的一種可能的寓意。那是因為沒有畫出來的簾下或簾中，還有一個睡美人。

相傳明代著名文人唐寅畫有「海棠春睡圖」，所謂「海棠春睡」，當然是指春暖花開的時節，海棠紅豔欲流的景象，但真正要指的卻是春睡的美人。把海棠比為紅妝的美人，是古典詩詞中容易理解的譬喻。朱自清這篇文章中，說月亮「如一張睡美人的臉」，說海棠紅花黃蕊襯托在叢綠之間，「格外覺著嬌嬈」，而欹斜騰挪的花枝，也「如少女的一隻臂膊」。這些形容，都可以看出朱自清欣賞馬孟容的這幅畫時，正有如此的聯想。

換句話說，作者朱自清認為那隻眼兒半睜半閉的八哥，和另一隻已經睡著的八哥所以「雙棲而各夢」的原因，是因為牠們別有關心的對象。這才是畫面上沒有畫出來的真正的主角。

至於這簾外或簾中深處的睡美人，當時還在春夢中？或已經春宵夢醒？作者是不明言的。簾兒半揭，月光滿地，在春暖花開的夜晚，她因何而睡，因何而醒，她因何而不肯露臉？那隻眼兒半睜半閉的八哥，是了解她心意，同情她而不肯安然入睡，或者是迷戀她，迷戀著朦朧月光下這海棠紅一般的美人？這一切也盡在言外，作者朱自清都留待讀者自己去尋思了。

第一段是實寫，描寫畫面上的景物。第二段是虛擬，推測原畫者的本意。最後一段歸結起來，說這幅畫因為布局設色都非常精彩，所以才值得寫這篇文章來特別介紹；而這篇文章所作的描述和聯想，因為自己於中西的畫都是門外漢，所以他所說的話，可能有不妥當的地方。作者一向主張文章要寫真情實感，要表現自由個性，所以他說以上寫的都是真情實感，因此萬一說錯，「那也只好由他了」。

思考與練習

一、這篇文章寫景狀物都很精巧，而且常用美人的體態來做比喻，為什麼？

二、從哪些地方可以看出作者認為「畫外有畫」？

三、對於你所喜歡的繪畫與音樂作品，如何用具體的形容把你的感受寫出來？

第7講　胡適／差不多先生傳

胡適（一八九一～一九六二），祖籍安徽積溪，生於上海。他是民國初年新文化運動的倡導者，對現代中國的文化思想界，影響很大，而且深遠。他提倡白話，詩文創作雖然數量不多，但在文學革命的過程中，仍然起了不可小覷的作用。

一般的傳記，重在記人敘事本身，用典麗的文辭以彰顯傳主的事功；胡適的這篇文章，則重在說理，以淺俗的白話來說明中國人苟且偷懶的習性。它平平實實寫來，不講文采，不事雕琢；它的好處全在思想內容上。

範文

差不多先生傳

胡適

你知道中國最有名的人是誰？

提起此人，人人皆曉，處處聞名，他姓差，名不多，是各省各縣各村人氏。你一定見過他，一定聽過別人談起他，差不多先生的名字，天天掛在大家的口頭，因為他是中國全國人的代表。

差不多先生的相貌，和你和我都差不多。他有一雙眼睛，但看的不很清楚；有兩隻耳朵，但聽的不很分明；有鼻子和嘴，但他對於氣味和口味都不很講究；他的腦子也不小，但他的記性卻不很精明，他的思想也不細密。

他常常說：「凡事只要差不多，就好了。何必太精明呢？」

他小時候，他媽叫他去買紅糖，他買了白糖回來，他媽罵他，他搖搖頭道：

「紅糖，白糖，不是差不多嗎？」

他在學堂的時候，先生問他：「直隸省的西邊是哪一省？」他說是陝西。先生說：「錯了，是山西，不是陝西。」他說：「陝西同山西，不是差不多嗎？」

後來他在一個錢鋪裡做夥計；他也會寫，也會算，只是總不會精細；十字常常寫成千字，千字常常寫成十字。掌櫃的生氣了，常常罵他，他只笑嘻嘻地賠小心道：「千字比十字多一小撇，不是差不多嗎？」

有一天，他為了一件要緊的事，要搭火車到上海去，他從從容容地走到火車站，遲了兩分鐘，火車已開走了。他白瞪著眼，望著遠遠的火車上的煤煙，搖搖頭道：「只好明天再走了，今天走同明天走，也還差不多；可是火車公司未免太認真了。八點三十分開，同八點三十二分開，不是差不多嗎？」他一面說，一面慢慢地走回家，心裡總不很明白為甚麼火車不肯等他兩分鐘。

有一天，他忽然得一急病，趕快叫家人去請東街的汪先生。那家人急急忙忙跑去，一時尋不著東街的汪大夫，卻把西街的牛醫王大夫請來了。差不多先生病在床上，知道尋錯了人；但病急了，身上痛苦，心裡焦急，等不得了，心裡想道：「好在王大夫同汪大夫也差不多，讓他試試看罷。」於是這位牛醫王大夫走近譎前，用醫牛的法子給差不多先生治病。不上一點鐘，差不多先生就一命嗚呼了。

差不多先生差不多要死的時候，一口氣斷斷續續地說道：「活人同死人也差……差……差……不多，……凡事只要……差……差……不多……就……好了，何……必……太……太認真呢？」他說完了這句格言，就絕了氣。

他死後，大家都很稱讚差不多先生樣樣事情看得破，想得通；大家都說他一生不肯認真，不肯算帳，不肯計較，真是一位有德行的人。於是大家給他取個死後的法號，叫他做圓通大師。

他的名譽愈傳愈遠，愈久愈大，無數無數的人，都學他的榜樣，於是人人都成了一個差不多先生。——然而中國從此就成了一個懶人國了。

【解讀】

胡適（一八九一～一九六二），字適之，祖籍安徽積溪，生於上海。他是民國初年新文化運動的倡導者，提倡個性解放、自由平等的思想，反對封建禮教，宣揚人道主義，對現代中國的文化思想界，影響很大，而且深遠。他的詩文創作，雖然數量不多，但在文學革命的過程中，提倡白話，嘗試各種新體詩文的寫作，仍然起了不可小覷的作用。〈差不多先生傳〉就是一篇流傳較廣的作品。

這篇作品，原刊於民國十三年（一九二四）六月二十八日《申報‧平民週刊》第一期的「小說」欄，所以有人把它視為小說。事實上，中國傳統的看法，「小說」就是小道，小玩藝兒，指街談巷語、道聽途說之類的文字而言，因此它不一定等於後來大家所稱的小說，反而近於廣義的散文。〈差不多先生傳〉，按實說，它只能說是散文。

有人說胡適的詩，以說理勝，其實他的散文，也以說理勝。民國初年的很多文人，寫景抒情，重視辭采，詩以抒情為主，文以描寫相尚，而胡適則不避俗字俗語，強調言之有物。〈差不多先生傳〉就是用一種誇張和諷喻的寓言式寫法，借「差不多先生」一生馬虎糊塗的荒唐行徑，來諷刺舊社會中的國民性格。相較於魯迅民國十年（一九二一）所作的《阿Q正傳》，胡適筆下的「差不多先生」，沒有魯迅小說中「阿Q」那樣多的情節內容，但對於舊社會舊禮教的抨擊，意義是一致的，而且胡適此文也自有其幽默風趣的特色。

一般而言，寫人物傳記，必須明確交代傳主的姓氏年里、形狀特徵以及生平事蹟等等，但胡適寫的「差不多先生」，並不是某一個特定的人物，而是他心目中全中國人的共相，所以他以寓言式的寫法，來介紹「差不多先生」。讀者可以批評這是胡適虛構的人物，但你卻不能否認很多中國人，真的就是冠上不同姓名的「差不多先生」。因此它與小說中的所謂虛構，又不全然相同。

這篇文章，除了首尾的提問和歸結之外，中間可以分為三大段。

開頭的提問：「你知道中國最有名的人是誰？」最後的一段結尾：「他的名譽愈傳愈遠，愈久愈大。……於是人人都成了一個差不多先生。——然而中國從此就成為一個懶人國了。」前後呼應，說明「差不多先生」不是特定的某一個人，而是古今中國人的代表。「差不多先生」也就是「懶人」的代稱，寓意非常明顯，無須多說。但中間的三大段，用淺白如話的文字，來說明「差不多先生」就是「懶人」的道理，仍有可觀之處。

這中間的三大段，模倣一般傳記的寫法，來概括「差不多先生」的一生。

第一大段包含前面的三小段，旨在說明「差不多先生」是「中國全國人的代表」。為了說明這一點，所以作者介紹他的姓氏籍貫時，再三強調，說「提起此人，人人皆曉，處處聞名」，說他「是各省各縣各村人氏」，「名字，天天掛在大家的口頭」，這和魯迅《阿Q正傳》說阿Q「不獨姓氏籍貫有些渺茫，連他先前的行狀也渺茫」，寫法不同，用意卻一樣。

介紹他的形狀特徵時，作者也這樣形容「差不多先生」，說他的相貌，「和你和我都差不多」，一樣都有一雙眼睛，兩隻耳朵，有鼻子和嘴，腦子也不小，但是，「差不多先生」因為個性懶惰，看、聽、嗅、吃、想等等，都不講究，「凡事只要差不多，就好了」，認為一切不必太計較，所以他的記性不很精明，思想也不細密。

如果說人的個性之中，有積極、進取的一面，也有消極、懶惰的一面，那麼胡適筆下的「差不多先生」，寫的正是消極懶惰一面的代表。這和魯迅《阿Q正傳》寫阿Q的精神勝利法，來「暴露國民的弱點」，筆法亦正相似。

第二大段舉了各種實例，說明「差不多先生」從小時候到衰老病死的一生荒唐行徑。

小時候，在家裡，媽媽叫他去買紅糖，他卻買了白糖回來；在學校時，老師問他河北的西邊是哪一省，他竟把山西和陝西搞混了。因為這些事被責備時，他的回答都是：「不是差不多嗎？」

後來，長大了，在社會上做事。他在一個錢鋪裡做夥計，用今天的話說，在一家小銀行當職員。他常把「十」字和「千」字搞混了，被老闆責備時，他也只是笑嘻嘻地說：「不是差不多嗎？」就連有一次搭火車，他也因為遲到了兩分鐘，眼望著準時開車的火車揚長而去。他還這樣怪罪道：「火車公司未免太認真了。八點三十分開，同八點三十二分開，不是差不多嗎？」

後來，他得了急病，叫家人去請東街的汪醫生，家人一時情急慌亂，竟請來了西街的牛醫王大夫。「差不多先生」病在床上，知道尋錯了人，卻仍然以為「王大夫同汪大夫也差不多」，因而接受了牛醫的診治，也因此不久「就一命嗚呼了」。在斷氣前，他還是堅持「凡事只要差不多就好了，何必太認真」這句格言，認為「活人同死人也差不多」。

第三大段寫他死後，大家——也就是「各省各縣各村人氏」，都稱讚「差不多先生」一生不計較，凡事看得開，是個有德行的人，因此為他取了「圓通大師」的法號。無數無數的人，都學他的榜樣。

胡適寫「差不多先生」的荒唐行徑，用淺俗的白話，幽默的筆調來表現，非常相稱。這樣荒唐的人物，荒唐的行徑，一望而知，必然是出於胡適的虛構，但仔細想想，我們卻又不免要悚然而驚，因為「差不多先生」雖是胡適所虛構，但這樣的人卻又確確實實生活在我們的周遭，甚至連我們自己，也都時時處處有「差不多先生」的影子。

這樣說來，「差不多先生」又果然是「中國全國人的代表」，也是「中國最有名的人」了。

胡適的這篇〈差不多先生傳〉，和魯迅的小說《阿Q正傳》固然有前後相承處，對後來廢名（一九〇一～一九六七）的〈莫須有先生〉以及李健吾（一九〇六～一九八二）的〈希伯先生〉，也應該都有其先導的作用。

【作法】

胡適的〈差不多先生傳〉，是倣效傳記的寫法，來說明普遍存在於中國人之間的一種惰性，所以它和一般的傳記文不同。一般的傳記，重在記人敘事本身，用典麗的文辭以彰顯傳主的事功；胡適的這篇文章，則重在說理，以淺俗的白話來說明中國人苟且偷懶的習性。它平平實實寫來，不講文采，不事雕琢；它沒有優美的辭句，沒有曲折的情節；它的好處全在思想內容上。

說理的文章，論其優劣，本來就應該取決於它的思想內容。言之無物，無病呻吟，本來就是胡適〈文學改良芻議〉中所要改革的對象。胡適一生所作的詩文，絕對不會追求穠麗富厚之外觀，而捨棄高遠的思想和真摯的情感。胡適所謂「思想」，蓋兼見地、識力、理想三者而言。〈差不多先生傳〉此文，正宜就這三方面論其作法。

胡適反對舊道德，提倡新文化，主要是因為他覺得舊社會體制中存在著很多腐敗落後的因素，因循苟且，懶惰消極，都是其中的一些病因。就因為凡事不認真，認為「差不多」就可以了，不必太精細太計較，而且還認為這是一種德行，所以個人不能發展獨立的性格，「擔干係，負責任」，也因此「社會國家決沒有改良進步的希望」。有鑑於此，所以胡適老早就痛恨這種「差不多」的舊習性。此即所謂「見地」。

民國七年（一九一八）五月，胡適曾撰〈易卜生主義〉一文。他介紹挪威戲劇名家易卜生的《國民公敵》一劇，對於劇中的斯鐸曼醫生，敢於堅持真理而大膽宣言：「世上最強有力的人就是那個最孤立的人。」受到這種精神的激勵和感召，所以胡適覺得應該關心社會，說老實話，勇於批評當時腐敗的社會風氣。此即所謂「識力」。

可是，胡適畢竟是個文人學者，他不能拿真刀實槍去鬧革命，他只能從思想上去提倡新文化運動，去倡導「文學革命」。後來有些批評胡適的人，說胡適軟弱，充滿妥協性，不是真正的鬥士，那真是責之太過了。當時的胡適，確實是有見地有識力，而且是滿懷理想的人。他當時的態度是極為積極的。所以陳獨秀在〈文學革命論〉（見《新青年》第二卷第六號）一文才會說：「文學革命之氣運，醞釀已非一日。其首舉義旗之急先鋒，則為吾友胡適。」而魯迅在民國十六年（一九二七）所作的〈無聲的中國〉中，也才會明確地說「文學革命」乃「胡適之先生所提倡」。其態度既如此，其當時懷抱之理想，也就可想而知了。

因此，胡適之寫〈差不多先生傳〉，可以說是他對舊道德舊傳統的抨擊，也是他對新文化新文學的一種期待。

也因此，本來可以用論說文來表達思想主張的胡適，改用〈差不多先生傳〉這樣的文學形式來表現。論文字，它不夠優美；論技巧，它流於平鋪直敘，但是它的明白如話，它的言之有物，以及這種對傳記的概括性的諷喻寫法，卻為後來的散文，樹立了一個典型。陳西瀅曾經說，現代白話文體可分二大派，一以胡適為代表，一以周作人為代表。胡適所代表的，正是說理一類的典型。

一直到今天，所謂「阿Q精神」，所謂「差不多先生」，都還為大家所沿用。至於像民初廢名的〈莫須有先生〉自言「憑空杜撰」，卻代表天下人；像山西的著名作家李健吾，在他所寫的〈希伯先生〉中，說「希伯先生是一位有風趣的好好先生。一張並不虛腫的圓臉，沿邊布滿了荊棘似的短髭；鼻樑雖高，眼睛卻不算大；毛髮濃密，然而皮膚白淨」等等的描寫，以及希伯先生在變亂中一些「明哲保身」的舉措，也是用平實的筆調，概括性的描述其形狀性格，塑造了一個膽小怕事而又風趣的「好好先生」的形象。文章的作法，應該受到了胡適〈差不多先生傳〉的影響。尤其是最後一段的結語：

> 他屬於我的生命，他的悲哀正是我的悲哀。有誰說我不就是希伯先生呢？有誰說誰不是呢？
>
> 站出來，讓我崇拜你。

更可看出來，李健吾的〈希伯先生〉，從寫作的方式到諷喻的技巧，都有魯迅「阿Q」和胡適「差不多先生」的影子。

思考與練習

一、「差不多先生」當然是胡適虛構的人物，但讀了以後，卻又不能否認我們身邊常有這樣的人。你對胡適這樣的寫法，有什麼意見？
二、為什麼有人會稱讚「差不多先生」是一位有德行的人？
三、請用議論文的方式，寫一篇：評胡適的〈差不多先生傳〉。

第8講　徐志摩／翡冷翠山居閒話

徐志摩（一八九六～一九三一），浙江海寧縣人。他是民國初年著名的浪漫詩人，曾留學美國、英國，旅遊義大利、法國巴黎、德國柏林等地，並曾與胡適等人創辦《新月》月刊，對後來新詩的發展有很大的影響。

徐志摩是浪漫詩人，他的散文也一秉詩人的筆觸，熱情洋溢，辭句瑰麗，充分顯示他那靈活的才氣和動人的美感。他描寫景物，巧於譬喻，善於想像；他抒發情感，直攄胸臆，不知忌諱，因而有他自己的特色。

範文

翡冷翠山居閒話

徐志摩

在這裡出門散步去，上山或是下山，在一個晴好的五月的向晚，正像是去赴一個美的宴會。比如去一果子園，那邊每株樹上都是滿掛著詩情最秀逸的果實，假如你單是站著看還不滿意時，只要你一伸手就可以採取，可以恣嘗鮮味，足夠你性靈的迷醉。陽光正好緩和，決不過暖；風息是溫馴的，而且往往因為他是從繁花的山林裡吹度過來，他帶來一股幽遠的澹香，連著一息滋潤的水氣，摩挲著你的顏面，輕繞著你的肩腰，就這單純的呼吸已是無窮的愉快；空氣總是明淨的，近谷內不生煙，遠山上不起靄，那美秀風景的全部，正像畫片似的展露在你的眼前，供你閒暇的鑒賞。

作客山中的妙處，尤在你永不須躊躇你的服色與體態。你不妨搖曳著一頭的蓬草，不妨縱容你滿腮的苔蘚；你愛穿什麼就穿什麼；扮一個牧童，扮一個漁翁，裝一個農夫，裝一個走江湖的桀卜閃，裝一個獵戶；你再不必提心整理你的領結，你儘可以不用領結，給你的頸根與胸膛一半日的自由，你可以拿一條這邊豔色的長巾包在你的頭上，學一個太平軍的頭目，或是拜倫那埃及裝的姿態；但最要緊的是穿上你最舊的舊鞋，別管它模樣不佳，他們是頂可愛的好友，他們承著你的體重，卻不叫你記起你還有一隻腳在你的底下。

這樣的玩頂好是不要約伴，我竟想嚴格的取締，只許你獨身；因為有了伴多少總得叫你分心，尤其是年輕的女伴，那是最危險最專制不過的女伴，你應得躲避她像你躲避青草裡一條美麗的花蛇。平常我們從自己家裡走到朋友的家裡，或是我們執事的地方，那無非是在同一個大牢裡，從一間獄室移到另一間獄室去，拘束永遠跟著我們，自由永遠尋不到我們；但在這春夏間美秀的山中或鄉間，你要是有機會獨身閒逛時，那才是你福星高照的時候，那才是你實際領受、親口嘗味、自由與自在的時候，那才是你肉體與靈魂行動一致的時候。朋友們，我們多長一歲年紀，往往只是加重我們頭上的枷，加緊我們腳脛上的鍊，我們見小孩子在草裡、在沙堆裡、在淺水裡打滾作樂，或是看見小貓追他自己的尾巴，何嘗沒有羨慕的時候，但我們的枷，我們的鍊，永遠是制定我們行動的上司！所以只有你單身奔赴大自然的懷抱時，像一個裸體的小孩撲入他母親的懷抱時，你纔知道靈魂的愉快是怎樣的，單是活著的快樂是怎樣的，單就呼吸、單就走道、單就張眼看、聳耳聽的幸福是怎樣的。因此你得嚴格的為己，極端的自私，只許你，體魄與性靈，與自然同在一個脈搏裡跳動，同在一個音波裡起伏，同在一個神奇的宇宙裡自得。我們渾樸的天真是像含羞草似的嬌柔；一經同伴的抵觸，他就捲了起來，但在澄靜的日光下，和風中，他的姿態是自然的，他的生活是無阻礙的。

你一個人漫遊的時候，你就會在青草裡坐地仰臥，甚至有時打滾，因為草的和暖的顏色，自然的喚起你童稚的活潑；在靜僻的道上你就會不自主的狂舞，看著你自己的身影幻出種種詭異的變相，因為道旁樹木的陰影在他們紆徐的婆娑裡，暗示你舞蹈的快樂；你也會得信口的歌唱，偶爾記起斷片的音調，與你自己隨口的小曲，因為樹林中的鶯燕告訴你，春光是應得讚美的；更不必說你的胸襟自然會跟著漫長的山徑開拓，你的心地會看著澄藍的天空靜定，你的思想和著山壑間的水聲，山罅裡的泉響，有時一澄到底的清澈，有時激起成章的波動，流，流，流入涼爽的橄欖林中，流入嫵媚的阿諾河去……

並且你不但不須應伴，每逢這樣的遊行，你也不必帶書。書是理想的伴侶，但你應得帶書，是在火車上，在你住處的客室裡，不是在你獨身漫步的時候。什麼偉大的、深沉的、鼓舞的、清明的、優美的思想的根源，不是可以在風籟中、雲彩裡、山勢與地形的起伏裡，花草的顏色與香息裡尋得？自然是最偉大的一部書，葛德說：在他每一頁的字句裡，我們讀得最深奧的消息。並且這書上的文字是人人懂得的；阿爾帕斯與五老峰，雪西里與普陀山，來因河與揚子江，梨夢湖與西子湖，建蘭與瓊花，杭州西湖的蘆雪與威尼市夕照的紅潮，百靈與夜鶯，更不提一般黃的黃麥，一般紫的紫藤，一般青的青草同在大地上生長，同在和風中波動——他們應用的符號是永遠一致的，他們的意義是永遠明顯的，只要你自己性靈上不長瘡瘢，眼不盲，耳不塞，這無形跡的最高等教育便永遠是你的名分，這不取費的最珍貴的補劑便永遠供你的受用，只要你認識了這一部書，你在這世界上寂寞時便不寂寞，窮困時不窮困，苦惱時有安慰，挫折時有鼓勵，軟弱時有督責，迷失時有南鍼。

【解讀】

徐志摩（一八九六～一九三一），浙江海寧縣人。他是民國初年著名的浪漫詩人，曾留學美國、英國，旅遊義大利、法國巴黎、德國柏林等地，並曾與胡適等人創辦《新月》月刊，對後來新詩的發展有很大的影響。民國十四年（一九二五）三月至七月間，他出國壯遊，先是經西伯利亞、蘇聯到德國柏林，去探望他與前妻張幼儀所生的次子彼得。他到達柏林時，患腹膜炎的次子已死，他只能上墳哀悼。然後他就開始到法國、義大利等地去漫遊，而且上了很多知名作家及藝術家的墳墓去憑悼。像在法國巴黎上波特萊爾、盧騷、囂俄（即雨果）的墓；在義大利羅馬上雪萊、濟慈的墓，在翡冷翠（即佛羅倫斯）上勃朗寧夫人、米開蘭基羅的墓，等等。甚至經過不知名的墓園時，也進去徘徊流連。沿途他寫了許多詩文，〈翡冷翠的一夜〉、〈翡冷翠山居閒話〉等等都是。「閒話」的「閒」一作「閑」，可以通用。

〈翡冷翠山居閒話〉作於一九二五年的五、六月間，而發表在同年七月四日出版的《現代評論》第二卷第三十期，以及八月五日出版的《晨報副刊・文學旬刊》。翡冷翠，是義大利中部的地名，一般據英語譯為佛羅倫斯，它是歐洲文藝復興時期的藝術重鎮。徐志摩以浙江海寧鄉音譯之為「翡冷翠」，別有一番詩情畫意。

徐志摩當時抱著次子病死的悲痛，一路從德國柏林來到義大利翡冷翠的山中。據他的散文集《自剖》中的〈我的彼得〉一文說，他對於次子的死：「我不能怨，我不能恨，更無從悔。我只是悵惘，我只能問！明知是自苦的揶揄，但我只能忍受。」在《歐遊漫錄》中也說：「我這次到歐洲來，倒像是專做清明來的；我不僅上知名的或與我有關係的墳，我每過不知名的墓園，也往往進去留連。那時情緒不定是傷悲，不定是感觸，有風聽風，在塊塊的墓碑間且自徘徊，等斜陽淡了再計較回家。」當時他的心情如何悵惘，可以想見。

為什麼當時他的心情會「不能恨，不能怨，更無從悔」呢？據筆者的了解和分析，與他浪漫而紛擾的感情生活有關。

民國四年（一九一五）十月，徐志摩與張幼儀（嘉鈖）結婚。民國七年，長子如孫（積鍇）出生，徐志摩亦於該年夏季，自北京大學赴美國克拉克大學，學銀行及社會學。次年克拉克大學畢業，復入紐約哥倫比亞大學研究院肄習政治。一年後，又獲哥倫比亞大學文學碩士學位，轉往英國入倫敦劍橋大學研究院。從這些求學歷程中，可以看出徐志摩起初的志趣原在社會科學，求學非常認真，而且天資非常聰明穎異。

可是民國九年（一九二〇）的秋天，徐志摩到了英國倫敦以後，個性逐漸變了。他開始想念妻子，寫信告訴家人。可是這年的冬季，當元配張幼儀出國來倫敦康橋陪伴他以後，不到一年，他又發現自己與妻子的性情不相投合。於是他開始寫詩，忙著散步，划船，抽煙，閒談，看閒書，騎單車，喝下午茶，吃牛油烤餅。尤其在認識恰好此時來英國留學的才女林徽因以後，他驚為天人，不覺墜入愛河。於是他送妻子張幼儀到德國柏林求學，並且不管張幼儀於民國十一年（一九二二）二月二十四日剛生下次子彼得，徐志摩說是他們的婚姻由於媒妁之言，不是自由戀愛，為了「彼此尊重人格，自由離婚」、「彼此重見生命之曙光」，堅持在吳經熊、金岳霖的見證下，三月間即在柏林與張幼儀離了婚。

這件事本來已經不獲家人的許可，加上徐志摩與林徽因又因小誤會分了手，民國十一年（一九二二）秋天回國以後，不到兩年又在北京認識了陸小曼，雙雙墜入了情網。陸小曼雖是美女兼才女，但卻已是有夫之婦，因此他們的戀情，不但得不到家人的諒解，也引起了社會輿論的一片譁然。這些事，無疑帶給他很大的壓力和煩惱。恰好這時候，又從德國柏林傳來了次子彼得病危的消息，所以徐志摩在民國十四年（一九二五）的三月十日，匆匆出了國。經西伯利亞前往歐洲。而當他三月下旬到達柏林時，次子彼得已經去世了。

就因為這樣，徐志摩這時候只能說：「我不能怨，我不能恨，更無從悔。我只是悵惘，我只能問！明知是自苦的揶揄，但我只能忍受。」

然而他能問什麼呢？就像林徽因說的：「理智與情感兩不相容；理想與現實

當面衝突，側面或反面激成悲哀。」他除了感嘆愛情的煩惱、社會的桎梏和輿論的壓力之外，他除了逃避現實之外，浪漫成性的他，又能做些什麼呢？

因此，他來到了德國柏林，又離開了德國柏林，四月初旬到了英國倫敦，然後在四月下旬到了義大利。一路上「像是專做清明來的」，不但上了自己兒子的墳，也上了很多知名或不知名的墓園。當他四月底五月初來到義大利翡冷翠時，借住在朋友山中的別墅裡，覺得景色宜人，環境幽靜，令他可以忘記現實的憂悶，竟然一住就住了五六個星期，而且有了終老於斯之想。他覺得心靈得到解脫了，形體沒有桎梏了，在大自然的懷抱裡，一切無拘無礙。因此他寫了〈翡冷翠山居閒話〉，來描述他當時的生活情景。

了解以上所說的生活背景和情感因素，我們再讀徐志摩的〈翡冷翠山居閒話〉一文時，才不會對作者文中所企求的閒靜、希望沒有女伴在旁、不必帶書而渾然陶醉在大自然的種種想法，感到訝異。

這篇文章，可以說就是徐志摩當年的心靈解放書。

全文分為五段：

第一段總括抒寫翡冷翠山居風光的美好和生活的閒適。點明寫作的時節，是天氣晴好的五月，風和日暖，山林裡花香襲人，山谷中煙靄不生。在出門散步時，「那美秀風景的全部，正像畫片似的展露在你的眼前，供你閒暇的鑒賞。」閒居生活，即從出門散步寫起。

第二段說明自己作客山中，形體上得到完全的解放。不管你穿什麼服裝，做什麼打扮，擺什麼姿態，都完全自由自主。「你永不須躊躇你的服色與體態」，「最要緊的是穿上你最舊的舊鞋，別管它模樣不佳」，這些說明都是承應上文的出門散步而來的。

第三段強調在山中散步，只許獨身，「頂好是不要約伴」，「尤其是年輕的女伴」。他把女伴形容為「青草裡一條美麗的花蛇」，而把社會形容為「一個大牢」，把家裡和工作場所形容為「從一間獄室移到另一間獄室」，只有獨身閒逛時，才是「自由與自在的時候」、「肉體與靈魂行動一致的時候」，只有在大自然的懷抱時，才能「像一個裸體的小孩撲入他母親的懷抱」，得到幸福和慰藉。

徐志摩這樣的想法，歷來很多讀者看不明白，不知道他何以有此奇怪的主張。事實上，明白了上述徐志摩當時的生活背景和愛情苦惱，也就了然於胸了。他和前妻的離異，和林徽因、陸小曼的畸戀，加上次子的夭折和輿論的壓力，使他覺得社會像桎梏，愛情像枷鎖，一旦有機會來到「這春夏間美秀的山中或鄉間」，他當然想擺脫原來的一切。

第四段進一步描寫獨自漫遊時的樂趣。可以在青草裡坐地仰臥，甚至打滾，可以狂舞弄影，可以信口歌唱，可以使心地靜定，可以使思想澄澈。

第五段呼應第三段，說明在山中散步閒逛時，「不但不須應伴」，「也不必帶書」。這也是令讀書人感到訝異的一種想法。對讀書人而言，在車上，在住處，在風景優美的郊外，哪裡不可以帶書看書？徐志摩如此特別強調，當然會令人感到訝異了。但徐志摩強調的，是「不必帶書」，他並沒有說不用看書。原來他的意思是：「自然是最偉大的一部書」，並且引用德國名詩人葛德（一般譯為「歌德」）的話說，「在他每一頁的字句裡，我們讀得最深奧的消息。」因此，只要我們好好觀賞大自然，也等於在看書。「只要你自己性靈上不長瘡瘢，眼不盲，耳不塞，這無形跡的最高等教育便永遠是你的名分，這不取費的最珍貴的補劑便永遠供你的受用，只要你認識了這一部書，你在這世界上寂寞時便不寂寞，窮困時不窮困，苦惱時有安慰，挫折時有鼓勵，軟弱時有督責，迷失時有南鍼。」這些話，可以說都是徐志摩當時心情的最佳寫照。

【作法】

徐志摩是浪漫詩人，他的散文也一秉詩人的筆觸，熱情洋溢，辭句瑰麗，充分顯示他那靈活的才氣和動人的美感。他描寫景物，巧於譬喻，善於想像；他抒發情感，直攄胸臆，不知忌諱，因而有他自己的特色。在民國初年的文人裡，他自成一格。

他在文中把頭髮形容為「一頭的蓬草」，把鬍鬚形容為「滿腮的苔蘚」，把包頭的長巾形容為「太平軍的頭目或是拜倫那埃及裝的姿態」，把年輕的女伴形容為「青草裡一條美麗的花蛇」。像這樣的形容譬喻，都很形象化，容易予人具體而深刻的印象。他說傍晚在山中散步，「正像是去赴一個美的宴會，比如去一果子園……」；他說可以自由自在穿任何服裝，「扮一個牧童，扮一個漁翁，裝一個農夫，裝一個走江湖的桀卜閃（一般譯為「吉卜賽」）……」；他說在山中漫遊時，可以狂舞放歌，「看著你自己的身影幻出種種詭異的變相，因為道旁樹木的陰影在他們紆徐的婆娑裡，暗示你舞蹈的快樂」，「因為樹林中的鶯燕告訴你，春光是應得讚美的」；他說大自然就像一本書，「書上的文字是人人懂得的；阿爾帕斯與五老峰，雪西里與普陀山……，杭州西湖的蘆雪與威尼市夕照的紅潮，百靈與夜鶯」等等中西景物的對照，「他們應用的符號是永遠一致的，他們的意義是永遠明顯的」。像這樣的鋪陳，充滿了豐富的想像力，可以啟發讀者很多層面的聯想。這些寫作技巧，都是作者獨具一格的特色。

作者同鄉前輩王國維曾說：詩人者，不失其赤子之心者也。徐志摩的詩文裡，處處流露他的赤子之心。他所以感覺有社會的壓力和愛情的煩惱，也都由於他的赤子之心。他敢把年輕的女性比喻為「美麗的花蛇」，敢把家庭和工作地方比喻為牢獄，在現實的生活中，在次子夭折死後不久，跑到義大利翡冷翠山中去閒居，寫他的真情實感，都可謂不知忌諱，一切真情流露，直攄胸臆而已。或許有人會揶揄他，甚至斥責他，但他確實表現他自己。這也正是民初文人所強調的自由和個性。

也因此，徐志摩的作品中，常常描寫到異國風光，連造句用字也帶有異國風味。對他而言，該怎麼寫，就怎麼寫。該用外國人名地名，也就用了，不會去管其他。像本文第五段所提到的「阿爾帕斯」（即一般通譯之阿爾卑斯山）、「雪西里」（即西西里島）、「來因河」（即萊茵河）、「梨夢湖」（即日內瓦湖）、「威尼市」（即威尼斯）等等，都是如此。譯名不同，則應是徐志摩受到鄉音方言的影響。

思考與練習

一、徐志摩這篇文章寫他旅居義大利翡冷翠山居時的真情實感，為什麼要以「閒話」為題？「閒話」在這裡是什麼意思？

二、徐志摩的文筆，熱情洋溢，氣勢澎湃，你喜不喜歡？為什麼？

三、請試著用日記體寫一篇山水遊記，題目或可定為：「陶醉在大自然裡」。

第9講　巴金／海行雜記二則

巴金（一九〇四～二〇〇五），原名李堯棠，字芾甘，四川成都人。他是現當代著名的作家。一般讀者熟悉他的小說成名作《家》、《春》、《秋》等書，對他的散文則較少注意。其實他早年的散文，在描寫景物方面，有很好的成就。

巴金寫的散文，重點在寫真人真事真感情，寧可平鋪直敘、毫無修飾，也不賣弄渲染，因文造情。他用樸實的文字，從視覺的意象描寫海上日出、明月上升的奇觀，辭達而真誠，為後來語體散文的寫作者，開了一條樸實自然的道路。

範文

海行雜記二則

巴金

一、海上的日出

為了看日出，我常常早起。那時天還沒有大亮，周圍非常清靜，船上只有機器的響聲。

天空還是一片淺藍，顏色很淺。轉眼間天邊出現了一道紅霞，慢慢地在擴大它的範圍，加強它的亮光。我知道太陽要從天邊升起來了，便不轉眼地望著那裡。

果然過了一會兒，在那個地方出現了太陽的小半邊臉，紅是真紅，卻沒有亮光。太陽好像負著重荷似地一步一步、慢慢地努力上升，到了最後，終於衝破了雲霞，完全跳出了海面，顏色紅得非常可愛。一剎那間，這個深紅的圓東西，忽然發出了奪目的亮光，射得人眼睛發痛，它旁邊的雲片也突然有了光彩。

有時太陽走進了雲堆中，它的光線卻從雲層裡射下來，直射到水面上。這時候要分辨出哪裡是水，哪裡是天，倒也不容易，因為我就只看見一片燦爛的亮光。

有時天邊有黑雲，而且雲片很厚，太陽出來，人眼還看不見。然而太陽在黑雲裡放射的光芒，透過黑雲的重圍，替黑雲鑲了一道發光的金邊。後來太陽才慢慢地衝出重圍，出現在天空，甚至把黑雲也染成了紫色或者紅色。這時候光亮的不僅是太陽、雲和海水，連我自己也成了光亮的了。

這不是很偉大的奇觀麼？

二、海上生明月

四圍都靜寂了。太陽也收斂了它最後的光芒。炎熱的空氣中開始有了涼意。

微風掠過了萬頃煙波。船像一隻大魚在這汪洋的海上游泳。突然間，一輪紅黃色大圓鏡似的滿月，從海上升了起來。這時並沒有萬丈光芒來護持它。它只是一面明亮的寶鏡，而且並沒有奪目的光輝。但是青天的一角卻被它染成了杏紅的顏色。看！天公畫出了一幅何等優美的圖畫！它給人們的印象，要超過所有的人間名作。

這面大圓鏡愈往上升便愈縮小，紅色也愈淡，不久它到了半天，就成了一輪皓月。這時上面有無際的青天，下面有無涯的碧海，我們這小小的孤舟真可以比作滄海的一粟。不消說，懸掛在天空的月輪，月月依然，年年如此。而我們這些旅客，在這海上卻只是暫時的過客罷了。

與晚風、明月為友，這種趣味是不能用文字描寫的。可是真正能夠做到與晚風、明月為友的，就只有那些以海為家的人！我雖不能以海為家，但做了一個海上的過客，也是幸事。

上船以來見過幾次海上的明月。最難忘的，就是最近的一夜。我們吃過午餐後在艙面散步，忽然看見遠遠的一盞紅燈掛在一個石壁上面。這紅燈並不亮。後來船走了許久，這盞石壁上的燈還是在原處。難道船沒有走麼？但是我們明明看見船在走。後來這個悶葫蘆終於給打破了。紅燈漸漸地大起來，成了一面圓鏡，腰間繞著一根黑帶。它不斷地向上升，突破了黑雲，到了半天。我才知道這是一輪明月，先前被我認為石壁的，乃是層層的黑雲。

【解讀】

巴金（一九〇四～二〇〇五），原名李堯棠，字芾甘，四川成都人。他是現當代著名的作家。一般讀者熟悉他的小說成名作《家》、《春》、《秋》等書，對他的散文則較少注意。其實他早年的散文，在描寫景物方面，有很好的成就。《海行雜記》是他的第一本散文集，記載他民國十六年（一九二七）一二月間，從上海搭船赴法國留學途中的海上生活，共三十九篇。先是寄給他的三哥及大哥過目收藏，後來在民國二十一年（一九三二）十二月，才由上海新中國書局出版。〈海上的日出〉和〈海上生明月〉是其中很精彩的兩篇描寫文。

根據四川文藝出版社一九八九年版的《巴金年譜》以及巴金自己的作品，我們知道巴金赴法國留學的時間，是在民國十六年的一月十五日，他搭法國郵輪昂熱號由滬赴法。一月十八日，船抵香港九龍；二十一日，抵越南西貢；二十六日，抵新加坡；三十一日，抵錫蘭島的哥倫波。然後橫渡印度洋，於二月八日，駛入紅海，觀賞了著名的日出、日落的奇觀；又於二月中旬，經蘇黎士運河，義大利、瑞士邊境，而於二月十八日抵達法國馬賽，次日抵達里昂車站。在船經義大利、瑞士途中，巴金曾說他望著一輪明月，想起唐人張九齡〈望月懷遠〉等等的詩句。

又根據《海行雜記》開頭的〈兩封信〉一文所說的：「在平靜的印度洋上，我寫了兩封信」，以及〈繁星〉一文所說的：「有一夜，那個在哥倫波上船的英國人，指給我看天上的巨人（星）」，前後核對，我們應該可以確定：〈海上的日出〉和〈海上生明月〉這兩篇文章，作於民國十六年的二月初中旬。前者寫海上日出的奇異景觀，後者寫海上月生的優美圖畫。

作者認為在海上觀看太陽的升起、月亮的出現，都是難得一見的奇觀，所以上船之後，他對於日的出沒、月的升沉，特別注意。〈海上的日出〉一文說：「為了看日出，我常常早起」，〈海上生明月〉一文說：「上船以來見過幾次海上的明月」，可見他在一個月左右的海上旅程中，不止一次觀賞日出和月生。這兩篇文章所寫的，卻都不是泛寫總體的共同印象，而是各寫其中最特別的一次親眼目睹的歷程。如果比之圖畫，都不是寫意，而是工筆。

〈海上的日出〉原文分為六小段：

第一、二小段寫日出前的景色。「天還沒有大亮」，「天空還是一片淺藍，顏色很淺」，正說明「早起」；「船上只有機器的響聲」，正說明「周圍非常清靜」。文中雖然沒有說作者屏息以待日出，但從作者說的：「轉眼間天邊出現了一道紅霞」，「我知道太陽要從天邊升起來了，便不轉眼地望著那裡」，可以看出來他是多麼的興奮和期待。

第三小段是用擬人化和工筆畫的技巧，描寫觀賞日出的景象。先寫「出現了太陽的小半邊臉」，然後寫「太陽好像負著重荷似地一步一步、慢慢地努力上升」，終於「衝破了雲霞，完全跳出了海面」，這是寫動作。在色彩的描寫方面，則先寫太陽初升時，「紅是真紅，卻沒有亮光」，然後寫它衝破雲霞躍出海面時，「顏色紅得非常可愛」，由「深紅的圓東西，忽然發出了奪目的亮光，射得人眼睛發痛」。

第四、五兩小段，都分別承接了第三小段寫海上日出時「旁邊的雲片也突然有了光彩」那一句，進一步來描寫太陽衝破雲層前後的奇異景觀。烘雲托「日」，更顯得海上日出時的壯麗。寫太陽在雲堆中，光線穿過雲層，直射水面，教人分辨不出哪裡是水，哪裡是天；寫雲片厚黑的背後，太陽的光芒「替黑雲鑲了一道發光的金邊」，後來慢慢衝出重圍時，又「把黑雲也染成了紫色或者紅色」。這些描寫，都給人細膩而具體的感覺。「這時候光亮的不僅是太陽、雲和海水，連我自己也成了光亮的了。」讀了這樣的句子，更使讀者彷彿置身其中。

第六小段只有一句：「這不是很偉大的奇觀麼？」作者借問作答，結得妙。

這篇短文，用樸實的文字，從視覺的意象描寫海上日出的景觀，不求新奇，而自然新奇，其中對於太陽衝破雲層前後的色彩描繪，更令人讚賞。清代姚鼐、孔貞瑄等人，都寫過在山東泰山觀日峰觀日出的文字，但他們寫的是，從陸上高山觀日出，而且其中有些描寫是出乎想像，這和巴金所寫的從海上觀日出，觀察的角度不一樣，描寫的真實性也不一樣。倒是日本小說名家德富蘆花（一八六八～一九二七，《不如歸》作者）在明治二十九年（一八九六）十一月四日，也寫了一篇〈大海日出〉的文章，可以拿來和巴金的這篇文章相對照。茲摘錄其若干片段如下：

凌晨四時過後，海上仍然一片昏黑。只有澎湃的濤聲。遙望東方，沿水平線露出一帶魚肚白。再上面是湛藍的天空，掛著一彎金弓般的月亮。……舉目仰望，那曉月不知何時由一彎金弓化為一彎銀弓。蒙蒙東天也次第染上了清澄的黃色。銀白的浪花和黝黑的波谷在浩渺的大海上明滅。夜夢猶在海上徘徊，而東邊的天空已睜開眼睫。太平洋的黑夜就要消逝了。

這時，曙光如鮮花綻放，如水波四散。天空、海面，一派光明，海水漸漸泛白，東方天際越發呈現出黃色。……

五分鐘過去了——十分鐘過去了。眼看著東方迸射出金光。忽然，海邊浮出了一點猩紅，多麼迅速，使人無暇想到這是日出。屏息注視，霎時，海神高擎手臂。只見紅點出水，漸次化作金線，金梳，金蹄。隨後，旋即一搖，擺脫了水面。紅日出海，霞光萬斛，朝陽噴彩，千里熔金。大洋之上，長蛇飛動，直奔眼底。面前的磯岸頓時捲起兩丈多高的金色雪浪。

比較起來，同樣描寫海上日出的奇觀，德富蘆花用了很多美麗的譬喻，文字比巴金要絢爛得多，不過，也由此可以看出巴金的文章特色：他要說真話，寫實事。他寫得很細緻，但不講究什麼辭采。

同樣的，〈海上生明月〉一文也是用樸實的文筆，來寫海上明月上升的奇觀。和前篇不同，這篇文章分為四段，從第一段開始，就寫到正題了。每一段都與「海上生明月」有關，但寫到後來，已由描寫而逐漸轉向說明了。這也是巴金文章的特色。

第一段即寫「一輪紅黃色大圓鏡似的滿月，從海上升了起來」，說它只是一面明鏡，「但是青天的一角卻被它染成了杏紅的顏色」。這樣的描寫，令人想起李白〈古朗月行〉的「又疑瑤台鏡，飛在青雲端」的句子。第二段寫皓月當空，愈升愈小，紅色也愈淡。「上面有無際的青天，下面有無涯的碧海，我們這小小的孤舟真可以比作滄海的一粟」，這和第三段所寫的「與晚風、明月為友」等等，也自然會令人想起蘇東坡〈赤壁賦〉中的若干名句，以及張若虛、李白等人若干詠月的詩篇。尤其是作者巴金自己在《海行雜記》中提到張九齡的〈望月懷遠〉，更容易令人從張九齡的「海上生明月，天涯共此時」，聯想到作者有思親懷人的託意。第二、三兩段中，作者一再強調只是海上暫時的過客，或者與此有關。因為在古代文人騷客的心目中，滿月圓月代表的是團圓美滿，離鄉背井的人望之很少不起思親懷鄉之情的。

最後一段夾敘夾議，把海上的明月描寫成一幅優美的動畫。起先看它像一盞紅燈掛在石壁上，後來紅燈漸漸變大，成了一面圓鏡，腰間繞著一條黑帶。最後才發現，原來紅燈、圓鏡是明月，石壁、黑帶是層層的黑雲。這是對上文海上明月的補敘，而與第一段的描述互相呼應。

這兩篇短文，是巴金早年的散文作品，從中我們可以看到一個大作家在成名前自我的寫作練習。

【作法】

巴金在一九五八年四月曾寫過一篇〈談我的散文〉，說「只要不是詩歌，又沒有完整的故事，也不曾寫出什麼人物，更不是專門發議論講道理，卻又不太枯燥，而且還有一點點感情」，像這樣的文章，他都叫做「散文」，並且說：

> 我的第一本散文集《海行雜記》還是在我寫第一部小說之前寫成的。

還特別加註：

我後來還寫過不少這一類的旅行記。這種平鋪直敘、毫無修飾的文章並非可以傳世的佳作，但是它們保存了某個時間、某些地方或者某些人中間的一點點真實生活。

這說明了巴金寫的散文，重點在寫真人真事真感情，寧可平鋪直敘、毫無修飾，也不賣弄渲染，因文造情。這樣說，好像寫文章很容易，人人都能辦得到，但事實上卻又不然。這是因為很多人寫文章，是無病呻吟，沒話找話說，或說得太囉嗦。巴金說：「一個人必須先有話要說，才想到寫文章；一個人要對人說話，他一定想把話說得動聽，說得好，讓人家相信他。」所謂說得動聽說得好，不是指花言巧語，而是要真誠，要能打動人心，要「文字精煉，不拖沓，不囉嗦，沒有多餘的字」。也就是古人所說的：「辭，達而已矣。」辭達，看似不難，卻也不容易。

巴金的散文，作法如此。民初的文人，像許地山等人，也是如此。他們為後來語體散文的寫作者，開了一條樸實自然的道路。

思考與練習

一、巴金的這兩則短文，描寫在海上觀察日出和月生的景象，你認為它們最大的優點在哪裡？

二、拿巴金的這篇文章來和冰心的〈寄小讀者（七）〉比較，你覺得他們有什麼相同或不相同的地方？

三、以你自己的親身體驗，寫一篇最讓你難忘的「日出」。

第10講　林語堂／春日遊杭記

林語堂（一八九五～一九七六），原名和樂，又名玉堂。福建龍溪（今漳州平和）人。早年曾赴美國、德國留學，回國後歷任北大、北京女子師大等校教授。現當代著名的作家及語言學者。致力提倡性靈文學及幽默閒適的散文小品。

林語堂的這篇遊記，描繪了杭州西湖的山水風光，呈現出閒適自然的生活情趣，在描寫景物、抒發性靈之餘，用了很多幽默詼諧的筆調，反映出當時的時代環境，進而解放性靈，參透義理。他表現的不只是寫作的藝術，同時也是生活的藝術。

範文

春日遊杭記

林語堂

一

某月日，日本陷秦皇島，迫灤河，覺得辦公也不是，作文也不是。抗日會不許開，開必變成共產黨。於是願做商女一次，趁春日遊杭。該當有人說，將來亡國責任，應由幽默派文人獨負的吧！因為聽說明朝之亡，也是亡於東林黨人，並非亡於吳三桂、李自成、魏忠賢。其實，這樣也好。近日推諉誤國責任頗成問題，國民黨推給民眾，民眾推給政府，政府推給軍閥，軍閥一塌括子推給共產黨，弄得雞犬不寧，朝野噪動。如果有一人能代眾受過，使問題解決，天下太平，從此不再聽推諉肉麻的話，也是情願的。

我由梵王渡上車，座位並不好，正與一個像是土豪的人對座。這時大約九時半。開車後十分鐘，那位土豪叫一盤中國式的西菜，不知是何道理，他的比我們常人叫的有兩倍之多，他便大啖大嚼起來。我也便看他大嚼。茶房對他特別恭順。十時零六分，忽然來一杯似乎是五加皮酒。說也奇怪，雜碎的大菜吃完，接著是白菜燒牛肉，其牛肉至十二片之多。我益發莫名其妙了。接著又來土司五片，奶油一碟。於是我斷定，此人五十歲時必死於肝癌。正在思索之時，進來一位油臉而黑的中山裝少年，一屁股歪在土豪旁邊坐下，一手把我桌上的書報茶杯推開，登時就有茶房給他一杯咖啡，一盤火腿蛋。於是土豪也遭殃了。青年的呢帽一直放在土豪席上位前。我的一杯茶，早已移至土豪面前，此時被這帽子一推，茶也溢了，桌也濕了。我明白這是以禮自豪之邦應有的現象，所以願以禮為終始，並不計較。排布定當，於是中山裝青年彎下他的油臉，吃他的火腿蛋，我看見他身上佩的徽章，是什麼滬杭鐵路局的什麼員。他吃完便走，乃斷定他這碟火腿蛋一定是賄賂。這時土豪牛肉已吃到第九片，怎麼忽然不想吃了。於是咳嗽、吐痰、免冠、搔首，頗有飽樂之概。十時三十一分，茶房來，問他可否拿走？土豪毫不遲疑的說「等一會」。經此一提醒，土豪又狼吞虎咽起來。這回特別快，竟於十時四十分全碟吃完。翻一翻報，臉上看不見有什麼感觸，過一會頭向桌上一歪，不五分鐘已鼾然入寐了。我方覺得安全。由是一路無聊到杭州。

到了杭州，因怕臭蟲，決定做高等華人，住西泠飯店，雖或因此與西洋浪人為伍，也不為意。車過浣紗路，看見一條小河，有些婦人跪在河旁浣衣（並不是浣紗）。因此便聯想起西施，並了悟她所以成名，因為她是浣紗，尤其因為她跪在河旁浣紗時的姿態。

到西湖時，微雨。揀定一房間，憑窗遠眺，內湖、孤山、長堤、寶俶塔、游艇、行人，都一一如畫。近窗的樹木，雨後特別蒼翠，細草茸綠的可愛。雨細濛濛的幾乎看不見，只聽見草葉上及田陌上渾成一片點滴聲。村屋五六座，排布山下，屋雖矮陋，而前後簇擁的卻是疏朗可愛的高樹與錯綜天然的叢蕪、蹊徑、草坪。其經營毫不費工夫，而清華朗潤，勝於上海愚園路寓公精舍萬倍。回想上海居民，家資十萬始敢購置一二畝宅地，把草地碾平，花木剪成三角、圓錐、平頭等體，花圃砌成幾何學怪狀，造一五尺假山，七尺魚池，便有不可一世之概，真要令人痛哭流涕。

二

半夜聽西洋浪人和女子高聲笑謔，吵得不能成寐。第二天清晨，我雇一輛汽車遊虎跑。路過蘇堤，兩面湖光瀲灩，綠洲蔥翠，宛如由水中浮出，倒影明如照鏡。其時遠處盡為煙霞所掩，綠洲之後，一片茫茫，不復知是山是湖，是人間，是仙界，畫畫之難，全在畫此種氣韻，但畫氣韻最易莫如畫湖景，尤莫如畫雨中的湖山；能攫得住此波光回影，便能氣韻生動。在這一副天然景物中，只有一座燈塔式的建築物，醜陋不堪，十分礙目，落在西子湖上，真同美人臉上一點爛瘡。我問車夫這是什麼東西。他說是博覽會紀念塔，世上竟有如此無聊之尤的留學生做此惡孽。我由是立志，何時率領軍隊打到杭州，必先對準野炮，先把這西子臉上的爛瘡，擊個粉碎。後人必定有詩為證云：

西湖千樹影蒼蒼，獨有醜碑陋難當。
林子將軍氣不過，扶來大炮擊爛瘡。

虎跑在半山上，由山下到寺前約有半里山路，佳麗無比，我們由是下車步行。兩旁有大樹，不知樹名，總而言之，就是大樹。路旁也有花，也不知花名，但覺得美麗。我們在小學時，學堂不教動植物學，至今便吃虧。將到寺的幾百步，路旁有一小澗，湍流而下，過崖石時，自然成小瀑布，水石潺潺之聲可愛。我看見一個父親苦勸他六歲少爺去水旁觀瀑布。這位少爺不肯。他說水會噴濕他的長衫馬褂，並且泥土很髒。他極力否認瀑布有什麼趣味。我於是知道中國非亡不可。

到寺前，心不由主的念聲阿彌陀佛，猶如不信耶穌的人，口裡也常喊出"O Lord"。虎跑的茶著名，也就想喝茶，覺得甚清高。其時就有一陣男女，一面喝茶，一面照相，倒也十分忙碌。有一位為要照相而作正在舉杯的姿態，可是攝後並不看見他喝，但是我知道將來他的照片簿上仍不免題曰「某月日靜廬主人虎跑啜茗留影」。這已減少我飲茶的趣味。忽然有小和尚來問我要不要買茶葉？於是我決心不飲虎跑茶而起。

虎跑的茶可不喝，而寺僧所設置的開水壺卻不可不研究。歐洲和尚能釀好酒，難道虎跑的和尚就不能發明個好水壺（也許江南本有此種水壺，但我卻未看過）。壺是紫銅做的，式樣與家用的小水壺同，不過特大，高二尺，徑二尺半，中間有個長囪，壺身中部燒炭，四周盛水。囪後側有一個漏斗形的加水管，壺耳、壺嘴俱全，只想不出怎麼倒得動這笨重的大水壺。我便請教那和尚，和尚拿一白鐵鍋，由缸裡挹點泉水，倒入漏斗，登時有開水由壺嘴流溢出來了。我知道這是物理學所謂水平線作用，涼水下去，開水自然外溢，而且涼水必下沉，熱水必上升，但是我無臉向他講科學了。這種取開水法既極簡便，又有出有入，壺中水常滿，真是周全之策，倘如中國政府也能如虎跑和尚的聰明，量入為出，或是每回取之於民的必有相當的給施於民，那麼——中國也就不至於是中國了。

三

我每回到西湖，必往玉泉觀魚，一半喜歡看魚的活潑動作，一半是憐憫他們失了優游深潭浚壑的快樂。和尚愛魚放生，何不把他們放入錢塘江，即便死於非命，還算不負此一生。觀魚雖然逸樂，總不免假放生之名，行利己之實。

觀魚之時，有和尚來同我談話。和尚河南口音，出詞倒也溫文爾雅。我正想：素食在理論上雖然衛生，總沒看見過一個顏色紅潤的和尚，大半都是面黃肌瘦，走動遲緩，明係滋養不足。

因此又聯想到他們的色欲問題，便問和尚素食是否與戒色有關係。和尚看見同行女人在座，不便應對，我由是打本鄉話請女人到對過池畔觀魚，而我們大談起現代婚姻問題了。因為他很誠意，所以我想打聽一點消息。

「比方那位紅衣女子，你們看了動心不動心呢？」

我這粗莽一問，卻引起和尚一篇難得的獨身主義的偉論。大意與伯拉圖所謂哲學家不應娶妻的理論相同。

「是人怎麼不動心？」他說。「但是你看佛經，就知道情欲之為害。目前何嘗不樂？過後就有許多煩惱。現在多少青年投河自盡，為什麼？為戀愛？為女人？現在多少離婚！怎樣以前非她不活，現在反要離呢？你看我，一人孤身，要到泰山、妙峰山、普陀、汕頭，多麼自由自在！」

我明白，他是保羅、康德、伯拉圖的同志。叔本華許多關於女人的妙論，還不是由佛經得來？正想之間，忽然寺中老媽經過，我倒不注意，虧得和尚先來解釋：「這是因為寺中常有香客家眷來歇，伺候不便，所以雇來跟香客灑掃的。」其實我並不懷疑他，而叔本華、伯拉圖向來並不反對女人灑掃。

四

出寺，在外廊出八毫錢買一銅雀瓦。付價後，我告訴攤主這是假的。

「你為什麼要買假古董？」攤主嚴詞責問。

「我是專門收藏假古董的。」我爽利答得他無話可對。攤主語塞，然交易既成，我們感情便又融洽起來。忽然我看到一卷雷峰塔的佛經，於是覺得又須來個「你不好打倒你」的爭辯。

「你又來欺騙民眾！」

「這回是真的了。」

「你為什麼好騙人？」

「要吃飯。」

「你不好，打倒你，我來做。」

「你來做，還不是一樣？」

爭辯失敗，於是由荷包掏出二元大洋，一手付錢，一手取經。交易成，感情又融洽。他有飯吃，我有書讀。

記得《論語．雨花》就登過某師長對學生的演說，勉勵學生不要打倒軍閥說：「人家做人家的事，吃人家的飯，你要打倒人家！」所以我立志買假古董，維持攤家飯碗，也是受了某公的感化。

【解讀】

林語堂（一八九五～一九七六），原名和樂，又名玉堂。福建龍溪（今漳州平和）人。早年曾赴美國、德國留學，回國後歷任北大、北京女子師大等校教授。現當代著名的作家及語言學者。民國十三年（一九二四）他在北京《晨報·副刊》發表文章，主張把英文的 Humour 譯為「幽默」；民國二十一年（一九三二）九月創辦《論語》半月刊；民國二十三年（一九三四）四月創辦《人間世》；次年九月又創辦《宇宙風》，前後致力提倡性靈文學及幽默閒適的散文小品，認為：「世事看穿，心有所喜悅，用輕快的筆調寫出，無所掛礙。不作濫調，不忸怩作道學醜態，不求士大夫之喜譽，不博庸人之歡心，自然幽默。」又說：「提倡幽默，必先解放性靈。蓋欲由性靈之解放，漸再參透義理。」他所提倡的這種幽默文體，為後來散文的發展另闢蹊徑，影響不小。

〈春日遊杭記〉原刊於民國二十二年（一九三三）五月十六日出版的《論語》半月刊第二卷第十七期〈我的話〉專欄。後來收入次年上海時代書局出版的《我的話上冊——行素集》中。全文共四大段，後來很多選本，刪去了第一大段的開頭第一段文字及第四大段全文，可能是為了避忌當時政治的問題。筆者以為刪去的部分，正反映了此文的寫作背景，是不該刪的，同時為了存真起見，所以全篇照錄，供讀者比對。

全文分為四大段：

第一大段包含四小段。第一小段交代寫作的背景及春日遊杭的原因。開頭數句：「某月日，日本陷秦皇島，迫灤河，覺得辦公也不是，作文也不是。抗日會不許開，開必變成共產黨。於是願做商女一次，趁春日遊杭。」這是說明文章的寫作背景。

為什麼林語堂去遊杭州，會自己說是「願做商女一次」呢？

民國二十年（一九三一）九月十八日，日本駐在中國東北境內的關東軍，以南滿鐵路發生爆炸為藉口，突襲瀋陽，進而進攻吉林、黑龍江，釀成「九一八」事變。次年一月二十八日，又以日本和尚被殺為藉口，在上海閘北一帶燃起戰火，此即所謂「一二八」事變。當時上海是文化出版中心，起而倡議愛國救國者，不乏其人。但日本對中國的侵略，仍然一北一南，持續逐步深入。民國二十一年（一九三二）三月，在東北扶持滿清末代皇帝溥儀，成立了「滿洲國」，次年一月初隨即攻佔了山海關。在這種危急的情勢之下，當時的國民政府，一方面對外無力抵抗日軍的侵略，一方面對內又要鎮壓共產黨的挑戰，窮於應付，顯得進退失據，因而引起不少倡導救國的學者文人的抨擊，和愛國志士的不滿。民國二十一年（一九三二）十月十五日，陳獨秀等人在上海被捕。該年十二月，蔡元培、魯迅等人發起成立「中國民權保障同盟」，爭取出版言論及集會結社的自由，反對接連發生的逮捕暗殺事件。翌年正月，上海分會成立，當時在上海的學者文人，像林語堂、郁達夫等等，都曾出席。林語堂還和蔡元培、魯迅、楊杏佛等人當選執行委員會委員。他們都愛國愛民，同時又憂國憂民。他們都反對當時的國民政府箝制言論，認為有喪權亡國之虞。

民國二十二年（一九三三）初，上海《東方雜誌》半月刊新年特大號，以「夢想的中國」和「夢想的個人生活」公開徵文。林語堂寫了一篇〈新年之夢——中國之夢〉，文中這樣說：

從前，的確也曾投身武漢國民政府，也曾親眼看見一個不貪污、不愛錢、不騙人、不說空話的政府，登時，即刻，幾乎就要實現。到如今，南柯一夢，仍是南柯一夢。

……

我現在不做大夢，不希望有全國太平的天下，只希望國中有小小一片的不打仗、無苛稅、換門牌不要錢、人民不必跑入租界而可以安居樂業的乾淨土。

底下他臚列了十五個願望，其中有兩個與本文有關：

我不做夢：希望人民有集會結社權。只希望臨時開會抗日，不被軍警干涉。

我不做夢：希望內政修明，黨派消滅。只希望至少對外能一致，外鄰侵犯時，保留一點人氣。

接著，在該年三月四日上海青年會上的演講時，林語堂又這樣說：

中國今日之最大弱點，誰也知道是國民漠視國事，如一盤散沙。……以歷史為證，東漢太學生也都關心國事，尚氣節，遇事直言，到了黨錮的摧殘，而直言之士殺戮幾百剿家滅族以後，風氣便大不同。由是而有魏晉清談之風，讀書人談不得國事，只好走入樂天主義，以放肆狂悖相效率。有的佯狂，有的飲酒，如阮籍飲酒二斗，吐血三升，天下稱賢。所謂賢，就是聰明，因為能在不許談國事之時談私事，縱欲以求人生之快。這是人權被剝奪時，社會必有的反應，古今同然。今日跳舞場生意之旺盛，就是人民被壓迫，相戒莫談國事，走入樂天主義的合理的現象。

商女雖然也知亡國恨，但是既然不許開抗日會，總也有時感覺須唱唱後庭花解悶的需要。

這篇演講稿後來刊登於民國二十二年（一九三三）三月十六日出版的《論語》

半月刊第二卷第三期。這距離〈春日遊杭記〉的發表日期，正好在兩個月前。從以上所引述的資料中，我們可以看到當時林語堂此文的寫作背景。所謂「辦公也不是，作文也不是」，所謂「抗日會不許開，開必變成共產黨」，都說明了當時國民政府「攘外必先安內」的主張，以及對日本屈辱軟弱的表現，多麼令人反感，所以林語堂等人，都紛紛表示憤慨或無可奈何。林語堂的文友郁達夫四月二十五日自上海移居杭州，而林語堂也在春夏之交到杭州西湖一遊。「商女不知亡國恨，隔江猶唱後庭花」，「山外青山樓外樓，西湖歌舞幾時休」，林語堂的寓意，是容易理解的，其幽默的筆調，也令人必作會心的微笑。

因此，這開頭的第一小段，是不宜刪去的。有此一小段的對照，才能顯示出下文所寫的國之堪憂、民之堪笑，種種「吾國吾民」可笑而又可憫的現象。

第一大段的第二小段以下，寫由上海至杭州西湖的經過。第二小段，寫由上海梵王渡站至杭州的車上所見。土豪的大吃大喝，中山裝少年的自私自得，林語堂是用分秒必爭和分解動作去描述的，斷定土豪「此人五十歲時必死於肝癌」，斷定中山裝少年「是什麼滬杭鐵路局的什麼員」、「他這碟火腿蛋一定是賄賂」，一切謔而不虐，讀來令人發噱。第三小段，寫到杭州，住西泠飯店，車過浣紗路，這些原是尋常之事，林語堂卻不忘處處幽他一默。說「決定做高等華人」，「雖或因此與西洋浪人為伍，也不為意」，則所住西泠飯店的等級，不問而知。浣紗路當然因西施浣紗而得名，林語堂卻偏要將河旁浣衣婦人的跪姿，和他想像中的西施「跪在河旁浣紗時的姿勢」一比，言外之意，亦令人失笑。第四小段，寫到了西泠飯店，在房間憑窗遠眺西湖的雨景，說自然景物美麗如畫，遠勝於「上海愚園路寓公精舍萬倍」。文章語妙句秀，核對他女兒林太乙《林語堂傳》中所描述的，他們上海所住的花園洋房，則又似有自我解嘲之意。這些描寫，都符合他所提倡的「幽默」的標準。

第二大段寫遊西湖虎跑寺的經過情形，一樣分為四小段。一樣反映了當時「吾國吾民」可笑而又可憫的現象。《吾國與吾民》是林語堂的一本英文專著，專為英美等地外國人介紹中國人的生活方式，一九三五年九月在美國紐約出版。我們有理由相信，林語堂在該書出版前一兩年的撰稿期間，對當時中國的社會環境和人民的生活態度，有更仔細而深入的觀察。在這一大段裡，他先寫途中蘇堤的湖景之美，那是自然之美，可是卻被一座新起的博覽會紀念塔破壞了，那是人工破壞了天然；其次寫虎跑寺山路上有許多不知名的花木和一道潺潺可愛的小瀑布，可是一位六歲小少爺硬是不聽他父親的苦勸，去瀑布旁觀賞，因為怕水泥濺污了他的長衫馬褂，那是愛服裝而不是來遊覽；然後寫到了寺前，應該品嘗著名的虎跑茶，可是眼前偏偏有為照相而不飲茶卻故作舉杯狀的遊客，那是說明其意在照相而不在品茗；最後寫研究寺僧所設的開水壺。壺特大，紫銅所製，看來非常笨重。一問之下，才知道寺僧用來沖茶的開水，已非古法泡製，而是利用新物理科學上所說的水平線作用。寺僧或許不知，林語堂卻不忍相告。那是說明虎跑茶亦已今非昔比了。一切都似在求新求變，朝現代化發展，但結果如何，林語堂是「幽默」笑而不語的。

第三大段寫玉泉觀魚，主要是藉與一和尚的對話，來寫寺僧的修持和對情欲的看法。一樣可分四小段，一樣寫得可笑而又可憫。第一小段，寫和尚既然愛魚放生，何不把魚放入江河之中，豈必侷處一隅，只供遊客觀賞？可見寺僧並非真大慈悲。其次，寫所見和尚，多半面黃肌瘦，行動遲緩，顯係營養不良。可見出家養生之道，有商量餘地。然後寫與一河南口音的和尚對話，藉和尚之口自己說出：出家人見女色也會動心，只是刻意避開而省卻煩惱而已。最後用「忽然寺中老媽經過」，和尚為了避嫌，趕快澄清那是「雇來跟香客灑掃的」，來說明寺僧其實塵念未淨，六根不空，跟一般凡俗之人沒有兩樣。林語堂故意提到伯拉圖、叔本華等人，是揶揄，也是同情，是他一向「世事看穿，心有所喜悅」的自然表現。

第四大段寫寺外買銅雀瓦及雷峰塔佛經等假古董，而和攤主的一段妙問趣答。明明知道攤主賣的銅雀瓦和雷峰塔佛經是假古董，為什麼還要買呢？林語堂的幽默令人大出意外。他說：「我是專門收藏假古董的。」這已經夠幽默了，想不到攤主回答他「為什麼好騙人」時，回答得更為有趣。攤主說：「要吃飯。」

原來「要吃飯」可以成為當時公然騙人的理由。這些問答真叫人不禁發笑，但，笑中有淚。

最妙的，更在於對話中林語堂忽然冒出一句：「你不好，打倒你，我來做。」而攤主竟然也彷彿知其意，回答說：「你來做，還不是一樣？」

這兩句妙問妙答，很多人不知其意，所以後來頗有些選本，都把這一大段文字刪去了，實在非常可惜。

事實上，在此之前不久，林語堂在《論語》半月刊上寫過一篇時事短評，題目叫做〈你不好打倒你的下文〉，內容在嘲諷馮玉祥登泰山時，引用吳稚暉的話說：他「從前以為打倒一個壞政府，好政府便會出現」，現在覺悟了，「覺悟打倒一個壞政府，結果又來一個壞政府」。林語堂指出吳稚暉原來的話是：「你不好，打倒你，我來幹」，重點在「我來幹」的「我」是誰。像馮玉祥這樣的人，林語堂不明言什麼，卻暗諷了這麼一句：「為避免這樣誤解革命心理，我想還應該改為：我不好，打倒我，我混蛋。」

明白這些前因後果，再來看林語堂的這篇遊記，會覺得更有趣味，前後文理也更容易貫通。因此，有些選本對這篇文章截頭去尾，是不恰當的。要了解一篇好文章，有時候必須回到當時的寫作背景和當時的語境。

【作法】

遊記的寫法，大多模山範水，用優美的文字去描寫山川景物，林語堂的這篇〈春日遊杭記〉，雖然也寫杭州西湖的山水風光，呈現出閒適自然的生活情趣，但更值得注意的是：他在描寫景物、抒發性靈之餘，用了很多幽默詼諧的筆調，反映出當時的時代環境，進而解放性靈，參透義理。他表現的不只是寫作的藝術，同時也是生活的藝術。

林語堂寫作的當時，是所謂白色恐怖的時代，在文化活動頻繁複雜的上海，更是龍蛇混雜，風聲鶴唳。如上文所述，當時在上海的學者文人，即使想反日救國，也不能公開的。如果公開參加抗日會或民權保障同盟，就有性命之虞或牢獄之災。所以林語堂在苦悶時乃作此春日杭州之遊。

題目作〈春日遊杭記〉，從文中所寫西湖景物看，景是春景無疑，但所記盡在西湖一地，為什麼不標為〈春遊西湖〉之類，似乎更切題旨呢？關於這點，筆者另有看法。

筆者以為林語堂此次之遊杭州，不是全為遊西湖而來。遊西湖之外，他另有事要辦。民國二十二年（一九三三）的春季，上海是不平靜的，「中國民權保障同盟」上海分會成立不久，日本作家小林多喜二被害、英國作家蕭伯納到訪，加上上海一些文人的被捕、書刊的查禁，真是紛紛擾擾，風沙浩蕩。學者文人奮起反抗者有之，逃避隱遁者有之。像郁達夫即於四月二十五日移家杭州，而丁玲於五月被捕，林惠元（林語堂侄兒）、楊杏佛於六月間先後被殺等等。在這樣緊張危急的氣氛中，林語堂到杭州，應該不會只為遊西湖而去。至於他遊西湖之外，是否和剛遷居杭州的文友郁達夫或其他的人見面，因文中未曾述及，不好臆測，但遊湖之外另有事辦，則應是合理的推測。也因此，此篇只寫去程，而未及回程，或許有其不得已的苦衷。

郁達夫在民國二十四年（一九三五）為上海良友圖書公司所主編的《中國新

文學大系．散文二集》的〈導論〉中，曾如此評介林語堂的散文：「《剪拂集》時代的真誠勇猛，的是書生本色，至於近來的耽溺風雅，提倡性靈，亦是時勢使然，或可視為消極的反抗，有意的孤行。」《剪拂集》是林語堂民國十七年（一九二八）由上海北新書局所出版的散文集，此篇〈春日遊杭記〉則正是林氏近來「耽溺風雅」的性靈之作。提倡性靈，耽溺風雅並沒錯，為什麼說是「反抗」和「孤行」呢？林語堂〈四十自敘詩〉云：

生來原喜老百姓，偏憎人家說普羅。
人亦要做錢亦愛，躑躅街頭說隱居。

這些詩句正可謂是林語堂當時心情的寫照。因為當時親近老百姓，被當成「普羅」，是為當權者所忌恨的，所以他在亂世之中不得不「洞明世事」。「人亦要做錢亦愛」，對於「吾國吾民」堪憂堪恨之事，他也只能做「消極的反抗，有意的孤行」了。在演講時自比「商女」，在作文時自我解嘲。到後來，乾脆「乘桴浮於海」，飄然越洋西去。

林語堂〈論幽默〉一文曾說幽默與諷刺不同，「欲求幽默，必先有深遠之心境，而帶一點我佛慈悲之念頭，然後文章火氣不太盛，讀者得淡然之味。幽默只是一位冷靜超遠的旁觀者，常於笑中帶淚，淚中帶笑。」拿這些話來看〈春日遊杭記〉，甚至他所有的散文小品，對於他寫作的方法和態度，也就可以思過半矣。

思考與練習

一、你覺得這一篇遊記寫得最幽默風趣的是哪一段？為什麼？

二、從作者的嘻笑怒罵中，你從哪些地方可以看出當時社會的不公現象？

三、以這篇文章為例，試寫一篇論說文，可以自訂題目，說明鑑賞好作品，不能不了解它的寫作背景。

第11講　郁達夫／故都的秋

郁達夫（一八九五～一九四五），原名郁文，浙江富陽人。早年留學日本，獲得日本東京帝國大學經濟學位後，回國負責上海泰東書局《創造》季刊編務，自此與魯迅等人交往，成為現代文學界小說、散文的健將。在郁達夫的筆下，故都的秋天況味，大多是輕輕的感喟，淡淡的哀傷，在寫景之中，寓有不少纖細的感情。寫破壁間牽牛花的顏色，寫腳踏槐樹的落蕊，都是如此。這篇清靜而又悲涼的文章，真正做到了「情景兼到，既細且清」的地步。

範文

故都的秋

郁達夫

秋天，無論在什麼地方的秋天，總是好的；可是啊，北國的秋，卻特別地來得清，來得靜，來得悲涼。我的不遠千里，要從杭州趕上青島，更要從青島趕上北平來的理由，也不過想飽嘗一嘗這「秋」，這故都的秋味。

江南，秋當然也是有的；但草木凋得慢，空氣來得潤，天的顏色顯得淡，並且又時常多雨而少風；一個人夾在蘇州上海杭州，或廈門香港廣州的市民中間，渾渾沌沌地過去，只能感到一點點清涼，秋的味，秋的色，秋的意境與姿態，總看不飽，嘗不透，賞玩不到十足。秋並不是名花，也並不是美酒，那一種半開、半醉的狀態，在領略秋的過程上，是不合適的。

不逢北國之秋，已將近十餘年了。在南方每年到了秋天，總要想起陶然亭的蘆花，釣魚臺的柳影，西山的蟲唱，玉泉的夜月，潭柘寺的鐘聲。在北平即使不出門去罷，就是在皇城人海之中，租人家一椽破屋來住著，早晨起來，泡一碗濃茶、向院子一坐，你也能看得到很高很高的碧綠的天色，聽得到青天下馴鴿的飛聲。從槐樹葉底，朝東細數著一絲一絲漏下來的日光，或在破壁腰中，靜對著像喇叭似的牽牛花（朝榮）的藍朵，自然而然地也能夠感覺到十分的秋意。說到了牽牛花，我以為以藍色或白色者為佳，紫黑色次之，淡紅色最下。最好，還要在牽牛花底，教長著幾根疏疏落落的尖細且長的秋草，使作陪襯。

北國的槐樹，也是一種能使人聯想起秋來的點綴。像花而又不是花的那一種落蕊，早晨起來，會鋪得滿地。腳踏上去，聲音也沒有，氣味也沒有，只能感出一點點極微細極柔軟的觸覺。掃街的在樹影下一陣掃後，灰土上留下來的一條條掃帚的絲紋，看起來既覺得細膩，又覺得清閒，潛意識下並且還覺得有點兒落寞，古人所說的梧桐一葉而天下知秋的遙想，大約也就在這些深沉的地方。

秋蟬的衰弱的殘聲，更是北國的特產；因為北平處處全長著樹，屋子又低，所以無論在什麼地方，都聽得見牠們的啼唱。在南方是非要上郊外或山上去才聽得到的。這秋蟬的嘶叫，在北平可和蟋蟀耗子一樣，簡直像是家家戶戶都養在家裡的家蟲。

還有秋雨哩，北方的秋雨，也似乎比南方的下得奇，下得有味，下得更像樣。

在灰沉沉的天底下，忽而來一陣涼風，便息列索落地下起雨來了。一層雨過，雲漸漸地捲向了西去，天色青了，太陽又露出臉來了；着著很厚的青布單衣或夾襖的都市閒人，咬著煙管，在雨後的斜橋影裡，上橋頭樹底下去一立，遇見熟人，便會用了緩慢悠閒的聲調，微嘆著互答著的說：

「唉，天可真涼了——」（這了字念得很高，拖得很長。）

「可不是麼？一層秋雨一層涼了！」

北方人念陣字，總老像是層字，平平仄仄起來，這念錯的歧韻，倒來得正好。

北方的果樹，到秋來，也是一種奇景。第一是棗子樹；屋角，牆頭，茅房邊上，灶房門口，它都會一株株地長大起來。像橄欖又像鴿蛋似的這棗子顆兒，在小橢圓形的細葉中間，顯出淡綠微黃的顏色的時候，正是秋的全盛時期；等棗樹葉落，棗子紅完，西北風就要起來了，北方便是塵沙灰土的世界，只有這棗子、柿子、葡萄，成熟到八九分的七八月之交，是北國的清秋的佳日，是一年之中最好也沒有的 Golden Days。

有些批評家說，中國的文人學士，尤其是詩人，都帶著很濃厚的頹廢色彩，所以中國的詩文裡，頌贊秋的文字特別的多。但外國的詩人，又何嘗不然？我雖則外國詩文念得不多，也不想開出賬來，做一篇秋的詩歌散文鈔，但你若去一翻英德法義等詩人的集子，或各國的詩文的 Anthology 來，總能夠看到許多關於秋的歌頌與悲啼。各著名的大詩人的長篇田園詩或四季詩裡，也總以關於秋的部分，寫得最出色而最有味。足見有感覺的動物，有情趣的人類，對於秋，總是一樣的能特別引起深沉、幽遠、嚴厲、蕭索的感觸來的。不單是詩人，就是被關閉在牢獄裡的囚犯，到了秋天，我想也一定會感到一種不能自已的深情；秋之於人，何嘗有國別，更何嘗有人種階級的區別呢？不過在中國，文字裡有一個「秋士」的成語，讀本裡又有著很普遍的歐陽子的〈秋聲〉與蘇東坡的〈赤壁賦〉等，就覺得中國的文人，與秋的關係特別深了。可是這秋的深味，尤其是中國的秋的深味，非要在北方，才感受得到底。

南國之秋，當然是也有它的特異的地方的，比如廿四橋的明月，錢塘江的秋潮，普陀山的涼霧，荔枝灣的殘荷等等，可是色彩不濃，回味不永。比起北國的秋來，正像是黃酒之與白乾，稀飯之與饃饃，鱸魚之與大蟹，黃犬之與駱駝。

秋天，這北國的秋天，若留得住的話，我願把壽命的三分之二折去，換得一個三分之一的零頭。

【解讀】

郁達夫（一八九五～一九四五），原名郁文，浙江富陽人。早年留學日本，曾與郭沫若、成仿吾、田漢等人籌組文學社團。民國十一年（一九二二）獲得日本東京帝國大學經濟學位後，回國負責上海泰東書局《創造》季刊編務，自此與魯迅等人交往，成為現代文學界小說、散文的健將。〈故都的秋〉，是他的散文名篇之一。

故都，當然指北京，當時叫北平。郁達夫於民國九年（一九二〇）奉母之命，自日本回國與同鄉孫荃結婚，婚後夫妻感情冷淡。民國十二年（一九二三）十月，郁達夫曾應北京大學之轉聘，暫任政治、經濟等學科講師，先是借住在長兄郁華家裡，次年春季，接孫荃及長子龍兒北上，賃屋居住。民國十五年（一九二六），龍兒病死，當時隻身轉往南方工作的郁達夫，曾回北京短期探視，又把妻子送回長兄家同住，先後寫了〈南行雜記〉、〈一個人在途中〉等文。民國十六年（一九二七）一月，在上海與王映霞相識，隨即熱戀，而且於六月間赴杭州與王映霞正式結婚，並致信長兄及髮妻，說明此事。結果，長兄痛斥他，卻無可奈何，髮妻也委曲求全，沒有要求他離婚。從此，郁達夫與王映霞一直在上海、杭州等南方城市居住，未曾回到北京。民國二十三年（一九三四）七月初旬，郁達夫應汪靜之等人邀約，攜婚後不久即吵吵鬧鬧的王映霞，由杭州經上海於七月十三日到山東青島旅遊避暑，寫了《避暑地日記》；八月十四日，又從青島經過濟南到達睽違約近十年的北京故城，「感慨無量」。翌日起作《故都日記》（至九月十日止），並於八月十七日應王餘杞之邀，寫了〈故都的秋〉這篇兩千字的文章，發表在該年九月一日天津的《當代文學》月刊第一卷第三期。

了解作者這些生活背景，對我們欣賞這篇文章是有幫助的。

這篇文章開頭就說北國的秋，「特別地來得清，來得靜，來得悲涼」，中間常拿「江南」來和「北國」比較，而且還說：「在皇城人海之中，租人家一椽破屋來住著」、「着著很厚的青布單衣或夾襖的都市閒人，咬著煙管，在雨後的斜橋影裡，上橋頭樹底下去一立……」，這些可以說都和他以前在北京的生活經驗有關。

全文可以分為四大段：

第一大段包括前面的兩段文字，開宗明義，說明故都的秋天令人懷念，江南的秋天不能與它相比。因為令人懷念，所以第一小段中作者說「不遠千里，要從杭州趕上青島，更要從青島趕上北平來」，主要的原因是為了重溫這故都秋天的況味。而故都秋天的況味與江南的秋天又有什麼不同呢？作者也在第二小段中作了交代：北國的秋，清、靜、悲涼；江南的秋則「總看不飽，嘗不透，賞玩不到十足」。雖然江南的「草木凋得慢，空氣來得潤，天的顏色顯得淡，並且又時常多雨而少風」，但「一個人夾在蘇州上海杭州，或廈門香港廣州的市民中間」，只能感到一點點「清涼」，而無法充分領略秋的況味。

那麼，故都的秋味又是如何呢？作者在第二大段中，分別從天色、鳥聲、槐樹、牽牛花、蟬嘶、雨風和果樹等等，來描述它特別的況味。這一大段包括原文的第三、四、五、六、七、八、九等小段，是全篇的寫作重心，寫的正是故都特有的秋味。

作者說他「不逢北國之秋，已將近十餘年了」，那是大約從他民國十三年（一九二四）與原配孫荃母子賃居北京時算起的，計算得不精準。因為他在民國十四年（一九二五）二月離京赴武昌師大任教後，該年夏秋之際曾又回到北京，而且次年的夏天六月至秋天十月，他也曾為探視亡子龍兒及安排元配生活，二上北京，可見「不逢北國之秋」，事實上不到十年。

不管如何，作者對故都的秋天是無限懷念的。一般而言，提到故都之秋，總會談到「陶然亭的蘆花，釣魚臺的柳影，西山的蟲唱，玉泉的夜月，潭柘寺的鐘聲」，那是人所共知的事物，對於作者來說，不必談到這些，僅僅像他過去一樣，「租人家一椽破屋來住著」，「早晨起來，泡一碗濃茶、向院子一坐」，則碧綠的天色和馴鴿的飛聲，槐樹葉底的日光和破壁腰中的牽牛花，都能令人感受十分的秋意。作者所寫的這些日常生活中的事物，是北京城中人人都能感受得到卻又常常忽略的，經他這麼一提，無不喚起對故都之秋的回憶。

最難得的是，作者不僅從日常生活景物寫起，而且把一些細微的事物寫得非常細膩別致，令人對故都的秋味有更深一層的體會。例如他說牽牛花以藍或白色為佳，而且在花底最好陪襯著幾根疏落尖細的秋草；晨起時，腳踩著滿地槐樹的落蕊，「聲音也沒有，氣味也沒有，只能感出一點點極微細極柔軟的觸覺」；掃街者掃街過後，灰土上留下來掃帚的紋路，「看起來既覺得細膩，又覺得清閒，潛意識下並且還覺得有點兒落寞」，這些都是故都在日常生活中清靜而又悲涼的秋味。

接著，作者又舉秋蟬和秋雨為例，來比較北方和南方的不同。北京處處有樹，屋子又低，所以秋蟬的啼唱，家家戶戶都聽得到，這和南方想聽蟬嘶必須上郊外或山上去是不同的。同樣的，北方的秋雨，來得快，去得急，一陣涼風過，雨就來了，一陣雨過，天又青了。這和南方的多雨而少風，也是不同的。最妙的是，作者還特別記錄北方人把「天可真涼了」的「了」字，念得很高，拖得很長，把「一陣秋雨一陣涼」的「陣」字念成「層」字。這些都是北京在季候方面特有的秋味。

然後，作者又特別介紹了幾種秋天的果樹：棗子、柿子、葡萄，說七八月之交，正是它們成熟到八九分的時候，又說這也是北國最美好的季節。文中他對棗子樹有特別的描述，說棗子顏色淡綠微黃時，是北京秋意最濃的時節，等到「棗子紅完，西北風就要起來了」。這些描寫，可謂來自於細膩的觀察，深刻的體會。也由於他觀察的細膩，體會的深刻，因而讓我們讀者在他自然而又優美的文筆之下，看到了故都特有的清靜而又悲涼的秋天。

第三大段筆勢一轉，作者從記敘、抒情的氛圍之中，轉而說明三件事：一是秋天係四季中最感人的季節，能夠引起人深沉、幽遠、嚴厲、蕭索的感觸；二是各國描寫秋天的詩文都特別多，而且「寫得最出色而最有味」；三是對秋天的深味，中國人體會最深，例如歐陽修的〈秋聲賦〉和蘇東坡的〈赤壁賦〉，其中又「非要在北方，才感受得到底」。最後以「南國之秋」最常被人提起的「廿四橋的明月，錢塘江的秋潮，普陀山的涼霧，荔枝灣的殘荷」等等，來和北國之秋相比，說「正像是黃酒之與白乾，稀飯之與饃饃，鱸魚之與大蟹，黃犬之與駱駝」，拿南北飲食的不同來比喻南北秋味的淡濃不同，令人印象非常深刻。

第四大段是結語，只有寥寥幾句。作者在陳述故都之秋種種令人懷念的況味之後，表示這一次來北京，不只想飽嘗這故都的秋味，而且還想「若留得住的話，我願把壽命的三分之二折去，換得一個三分之一的零頭。」作者這一年三十九歲，所謂「三分之二」或「三分之一」，顯然是以古人所說的「人生百歲」去計算的。他的這段說話，頗似自誓之辭，當然可以看出他對故都的秋天有多麼熱烈的懷念，但是，他這樣說會不會引起再婚妻子王映霞對他的不滿，以為他仍然眷戀元配（雖然郁達夫的元配已不在北京），則無從確考詳論了。但是，作者和王映霞八月十四日抵達北京，十七日寫了這篇文章以後，八月二十六日王映霞就藉故先行南返，說不定真與此有關呢。

【作法】

郁達夫寫作，一向以大膽袒露著稱。他的詩詞小說和散文日記，往往自我剖析心底的祕密，多涉男女之私，每觸當權之怒，因此常被視為頹廢文人，甚且被衛道之士斥為沉淪荒淫。他曾被通緝，書曾被禁，與王映霞的婚姻悲劇，更使他聲名狼藉。他曾自撰一聯：「豈有文章傳海內，欲將沉醉換悲涼」，真可謂夫子自道。沉醉是指他的為人，悲涼則指他的作品。〈故都的秋〉正是反映他悲涼心事的作品。日本入侵，政府不敢正面抵抗，國事可謂不堪聞問矣；婚姻不幸，家庭生活時起爭端，感情可謂沒有寄託。民國二十三年（一九三四）的八月中旬，當他重回睽違將近十年的故都時，他的悲涼心事和北國的悲涼秋味，情與境會，使他不能自已。因此，他藉傳統文人常寫的「悲秋」情緒，藉對故都景物的描寫，來抒發他那些「深沉、幽遠、嚴厲、蕭索的感觸」。

在他的筆下，故都的秋天況味，大多是輕輕的感喟，淡淡的哀傷，在寫景之中，寓有不少纖細的感情。寫破壁間牽牛花的顏色，寫腳踏槐樹的落蕊，都是如此。而且他所描寫的對象，多是一般北京居民所能感受到的日常事物，因此讀來自然覺得親切有味。寫租破屋而居的小市民，「泡一碗濃茶、向院子一坐」，同樣可以領略秋天的清靜；寫城中「處處全長著樹，屋子又低」，因此處處可以聽到秋蟬的殘聲；寫在雨後的斜橋頭，遇見熟人，用緩慢悠閒的聲調，說「一層秋雨一層涼」，等等，也都是如此。都一樣可以令人感受到故都秋天的況味。

除此之外，作者也善用對照法，藉南方北國的比較，來突顯故都特有的秋天況味。不但拿南北不同的風景名勝（陶然亭的蘆花、釣魚臺的柳影和廿四橋的明月、錢塘江的秋潮等等）來對照，而且也拿南北各異的風雨天候（北方風雨來得急，去得快，南方則多雨而少風）和飲食（黃酒之與白乾，稀飯之與饃饃等等）來比較，因而令人對故都的秋天，有更具體而鮮明的印象。

就因為如此，郁達夫的這篇清靜而又悲涼的文章，真正做到了「情景兼到，既細且清」的地步。「情景兼到，既細且清」也正是他在另一篇文章中，認為理想的小品文字應該具備的條件。除此之外，第三、四兩大段在寫景抒情之餘，進而討論中外文學的悲秋之作，並以自誓之辭作結，更將抒情與議論合為一體，像這些地方，都為後來寫記敘文或寫遊記的人，提供了一個可以參考的範例。

思考與練習

一、描寫秋天的詩文，除了這篇之外，你還記得哪些？能不能把它們的長處說出來？

二、作者筆下的故都之秋，和你生活經驗中所認識的秋天，有沒有不一樣的地方？

三、有人說，秋天是懷念的季節。請你結合抒情與議論的筆法，寫一篇〈秋天的況味〉。

第12講　茅盾／白楊禮讚

茅盾（一八九六～一九八一），原名沈德鴻，字雁冰，浙江嘉興桐鄉人。現代著名的作家。

茅盾以樹喻人，托物言志，修辭技巧高明，構思布局細密。排比的句子，層遞的修辭，都是為了強調白楊樹的不屈不撓，都是為了扣緊白楊樹和北方農民的比附關係。也因為如此，把白楊樹「小題大做」了，予人氣勢雄渾的感覺。

範文

白楊禮讚

茅盾

白楊樹實在不是平凡的，我讚美白楊樹！

當汽車在望不到邊際的高原上奔馳，撲入你的視野的，是黃綠錯綜的一條大毯子；黃的，那是土，未開墾的處女土，幾百萬年前由偉大的自然力所堆積成功的黃土高原的外殼；綠的呢，是人類勞力戰勝自然的成果，是麥田，和風吹送，翻起了一輪一輪的綠波——這時你會真心佩服昔人所造的兩個字「麥浪」，若不是妙手偶得，便確是經過錘煉的語言的精華。黃與綠主宰著，無邊無垠，坦蕩如砥，這時如果不是宛若並肩的遠山的連峰提醒了你（這些山峰憑你的肉眼來判斷，就知道是在你腳底下的），你會忘記了汽車是在高原上行駛，這時你湧起來的感想也許是「雄壯」，也許是「偉大」，諸如此類的形容詞，然而同時你的眼睛也許覺得有點倦怠，你對當前的「雄壯」或「偉大」閉了眼，而另一種味兒在你心頭潛滋暗長了——「單調」！可不是，單調，有一點兒罷？

然而剎那間，要是你猛抬眼看見了前面遠遠地有一排，——不，或者甚至只是三五株，一二株，傲然地聳立，像哨兵似的樹木的話，那你的懨懨欲睡的情緒又將如何？我那時是驚奇地叫了一聲的！

那就是白楊樹，西北極普通的一種樹，然而實在不是平凡的一種樹！

那是力爭上游的一種樹，筆直的幹，筆直的枝。它的幹呢，通常是丈把高，像是加以人工似的，一丈以內，絕無旁枝；它所有的椏枝呢，一律向上，而且緊緊靠攏，也像是加以人工似的，成為一束，絕無橫斜逸出；它的寬大的葉子也是片片向上，幾乎沒有斜生的，更不用說倒垂了；它的皮，光滑而有銀色的暈圈，微微泛出淡青色。這是雖在北方的風雪的壓迫下卻保持著倔強挺立的一種樹！哪怕只有碗來粗細罷，它卻努力向上發展，高到丈許，二丈，參天聳立，不折不撓，對抗著西北風。

這就是白楊樹，西北極普通的一種樹，然而決不是平凡的樹！

它沒有婆娑的姿態，沒有屈曲盤旋的虬枝。也許你要說它不美麗——如果美是專指「婆娑」或「橫斜逸出」之類而言，那麼白楊樹算不得樹中的好女子；但是它卻是偉岸、正直、樸質、嚴肅，也不缺乏溫和，更不用提它的堅強不屈與挺拔，它是樹中的偉丈夫！當你在積雪初融的高原上走過，看見平坦的大地上傲然挺立這麼一株或一排白楊樹，難道你覺得樹只是樹，難道你就不想到它的樸質、嚴肅、堅強不屈，至少也象徵了北方的農民；難道你竟一點也不聯想到，在敵後的廣大土地上，到處有堅強不屈，就像這白楊樹一樣傲然挺立的守衛他們家鄉的哨兵！難道你又不更遠一點想到這樣枝枝葉葉靠緊團結，力求上進的白楊樹，宛然象徵了今天在華北平原縱橫跌蕩用血寫出新中國歷史的那種精神和意志。

白楊不是平凡的樹。它在西北極普遍，不被人重視，就跟北方農民相似；它有極強的生命力，磨折不了，壓迫不倒，也跟北方的農民相似。我讚美白楊樹，就因為它不但象徵了北方的農民，尤其象徵了今天我們民族解放鬥爭中所不可缺的樸質、堅強，以及力求上進的精神。

讓那些看不起民眾，賤視民眾，頑固的倒退的人們去讚美那貴族化的楠木（那也是直幹秀頎的），去鄙視這極常見，極易生長的白楊罷，但是我要高聲讚美白楊樹！

【解讀】

茅盾（一八九六～一九八一），原名沈德鴻，字雁冰，浙江嘉興桐鄉人。現代著名的作家。〈白楊禮讚〉是他的散文名篇之一，原刊於民國三十年（一九四一）三月十日的《文藝陣地》第六卷第三期。

白楊樹原是中國西北黃土高原極為普通的一種樹，自從茅盾的這篇文章發表以後，它變成了雖然普通卻不平凡的一種象徵，常被禮讚歌頌。民國三十二年（一九四三）《白楊禮讚》一書由桂林柔草社出版時，畫家沈逸千就曾為畫白楊圖，而請茅盾題辭。茅盾題了一首五言古詩：

北方有佳樹，挺立如長矛。

葉葉皆團結，枝枝爭上游。
羞與楠枋伍，甘居榆棗儔。
丹青標風骨，願與子同仇。

可見在茅盾的心目中，白楊樹是一種挺立如矛而有風骨的北方佳樹，「葉葉皆團結，枝枝爭上游」。這在當時對日抗戰的烽火時代裡，很容易被聯想為：作者藉此在歌頌那些挺立不屈、團結上進的抗日英雄。茅盾當然也有這樣的寓意，所以他的題詩，才會引用《詩經》的詩句：「修我戈矛，與子同仇。」

全文分為四大段，每一大段都以禮讚謳歌白楊樹來開頭，也以之來作結。

第一大段，先讚美「白楊樹實在不是平凡的」，這樣說，正表示白楊樹在大家的心目中，原是平凡無奇的，所以作者接著從高遠的角度，拉遠距離，來寫黃土高原上白楊樹的遠景。從「當汽車在望不到邊際的高原上奔馳」，到「幾百萬年前由偉大的自然力所堆積成功的黃土高原的外殼」，這些話都是用來形容黃土高原的雄壯和車上視野的開闊的。一大片無邊無際的黃綠錯綜間，黃的是土地，綠的是麥田。黃色土地出乎自然，綠色麥田則是北方農民辛勤開墾的成果，這也是後文所要描寫的重點。作者先在此提點，並說明在雄壯開闊的黃土高原上，一般人所能看到的，也就僅僅是黃土地和綠麥田而已，而不會去注意還有白楊樹。前後遠近，都是如此，所以難免有單調之感。可是作者卻不然，他把視野鏡頭逐漸由遠處拉向近處，「遠遠地有一排，——不，或者甚至只是三五株，一二株，傲然地聳立，像哨兵似的樹木」，不由使他初見時「驚奇地叫了一聲」！那就是白楊樹。

「那就是白楊樹，西北極普通的一種樹，然而實在不是平凡的一種樹！」這三句話承上啟下，既承接上文，又開導下文。如何不平凡呢？那就是第二大段所要描述的，它是懂得力爭上游的一種樹。

第二大段，從力爭上游來開始描述，說它的枝、幹都是筆直的，「一律向上，而且緊緊靠攏」，「葉子也是片片向上，幾乎沒有斜生的」，皮也「光滑而有銀色的暈圈」。總而言之，「在北方的風雪的壓迫下卻保持著倔強挺立」，「高到丈許，二丈，參天聳立，不折不撓，對抗著西北風」。把白楊樹比成抗敵的哨兵，把風雪和西北風比成敵軍壓境。前後四個排比句多使用「加以人工似的」來形容，但前後有所不同，前面說的是白楊樹的外在形狀，後面說的是白楊樹的內在品質。

「這就是白楊樹，西北極普通的一種樹，然而決不是平凡的樹！」這三句一樣是承上啟下，扣緊第二、三兩大段文字的銜接。讀者應該注意到第一、二兩大段承上啟下的文字，說的是：「那就是白楊樹」，而這裡說的是：「這就是白楊樹」，一字之差，正說明了上一大段寫的是遠景，而這一大段寫的是近景。上一大段從高遠的角度看黃土高原時，偶及白楊樹，而這一大段則從近距離來觀察白楊樹，不但形容了它挺立不屈的外在，也概括了它不屈不撓的本質。

第三大段，承接上文，進一步說明：白楊樹雖然沒有婆娑屈曲的姿態，可是卻有偉岸正直等堅實的本質，所以「它是樹中的偉丈夫」，並進而藉此來指明它也「象徵了北方的農民」，「在敵後的廣大土地上」灌溉他們的麥田，守衛他們的家鄉。「象徵了今天在華北平原縱橫跌蕩用血寫出新中國歷史的那種精神和意志」。作者在這一大段文字中，又用了三個排比句，由四個反問句「難道」來引導，層層遞進，把守衛家園的農民比為白楊樹一般的哨兵，對不屈不撓的白楊樹和抗日的民族精神，加以熱烈高亢的謳歌和禮讚。

就因為賦給了白楊樹這樣的意義，所以作者最後下結論說：「白楊不是平凡的樹。」再次強調「它在西北極普遍，不被人重視，就跟北方農民相似；它有極強的生命力，磨折不了，壓迫不倒，也跟北方的農民相似。……」意思一樣，雖似重複，但語調一次比一次強勁，卻可增加文章的氣勢和感人的力量。

最後一段，是作者以樹喻人、借物言志，對白楊樹禮讚之後的一段呼告之辭。他表示「這極常見，極易生長的白楊樹」，也就是廣大普通的灌溉麥田、守衛家園的農民，才是他真正要禮讚謳歌的對象。如果有人要賤視他們，他完全不在意。他要高聲禮讚：他們普通，但並不平凡。

【作法】

有人說〈白楊禮讚〉是氣勢雄渾而用筆細密的作品，可謂一語中的。

白楊樹在西北高原是極其普通的一種植物，很多人對它視而不見，這就好像在對日抗戰期間，在敵後守護家園、默默耕種的北方農民一樣，沒有人注意到他們對抗戰有什麼貢獻。作者以樹喻人，托物言志，藉白楊樹來比喻農民，他們廣大眾多，看起來都很普通平凡，但實際上他們卻不平凡。因為在風雪或西北風中，枝枝葉葉靠緊團結的白楊樹是挺立不倒的；在強敵入侵的惡劣環境中，樸質正直團結向上的農民是堅強不屈的。他們仍舊在後方灌溉麥田，守護家園，支援在前線奮戰的抗日將士。這種精神和意志，當然值得謳歌禮讚。作者禮讚原本平凡普通的白楊樹和北方的農民，說他們普通卻不平凡，在當時可謂獨具隻眼，真的不同凡響。

為了說明白楊樹雖普通卻不平凡，所以作者從廣闊無垠的黃土高原寫起，文章會給人氣勢雄渾的感覺，就是由此而來。黃綠錯綜的高原上，黃的是土，綠的是麥田，暗示在這一大片土地上，農民仍舊在灌溉田園。麥田翻風成浪，很多人會形容說是雄壯偉大，可是同樣在這黃土地上的白楊樹，很多人卻視若無睹。為什麼呢？因為它太常見了，「它沒有婆娑的姿態，沒有屈曲盤旋的虬枝」，不符合一般人「美麗」的標準。也為了駁斥這一點，所以作者先在第二大段中，從正面描寫白楊樹枝幹葉皮的特徵，然後又在第三大段中，說明白楊樹不是美麗的「好女子」，而是挺拔的「偉丈夫」。不管是外表或內在，白楊樹都是雄壯的象徵。排比的句子，層遞的修辭，都是為了強調白楊樹的這種不屈不撓，都是為了扣緊白楊樹和北方農民的比附關係。也因為如此，把白楊樹「小題大做」了，予人氣勢雄渾的感覺。

既然要禮讚，當然免不了有高亢的筆調和熱烈的譽美，可是作者在寫景狀物時，卻能細緻而又縝密，不致令人有過於粗率之感。第一大段中，把黃土高原形容為「黃綠錯綜的一條大毯子」，在黃土綠麥之間，再點染上白楊樹，真的令人感覺顏色鮮明。第二大段中，形容白楊樹的枝幹葉皮，分別用了四個排比的句子，從挺直的外表寫到堅實的內在。第三大段中，說明白楊樹不美麗卻堅強，不像「好女子」而像「偉丈夫」，從而用了三個長的排比句，四個「難道」的提問句，把挺立不屈的白楊樹比成北方偉岸樸質的農民，像這些高明的修辭技巧，都可以看出作者在構思布局方面，早就有細密的安排。而作者為什麼在篇中反覆再三說白楊樹「不是平凡的樹」，道理也就很明白的揭示出來了。

思考與練習

一、文中歌頌白楊樹，一直出現重複的句子，說它極普通而不平凡，你認為這樣寫，有什麼好處？

二、作者為什麼以白楊樹來象徵對日抗戰中的北方農民？

三、你能不能將此文縮寫為不超過三十行的一首新詩？

第13講　沈從文／桃源與沅州

沈從文（一九〇二～一九八八），湖南鳳凰縣人。自學成名，是民國二十至四十年代重要的散文小說作家。作品常以沅水流域的湘西世界為背景，無論寫小說或散文，都有其獨特的鄉土氣息。

沈從文寫湘西世界，所以能夠成功，主要在於他的生活閱歷和真實情感。他從客觀寫實的角度來記載桃源與沅州這兩座古城的歷史與世事的變化，用略帶幽默戲謔的筆調來描寫社會底層人物的愛情與生命的滄桑，忠實呈現湘西特有的生活景象。

範文

桃源與沅州

沈從文

全中國的讀書人，大概從唐朝以來，命運中注定了應讀一篇〈桃花源記〉，因此把桃源當成一個洞天福地。人人都知道那地方是武陵漁人發現的，有桃花夾岸，芳草鮮美。遠客來到，鄉下人就殺雞溫酒，表示歡迎。鄉下人皆避秦隱居的遺民，不知有漢朝，更無論魏晉了。千餘年來讀書人對於桃源的印象，既不怎麼改變，所以每當國體衰弱發生變亂時，想做遺民的必多，這文章也就增加了許多人的幻想，增加了許多人的酒量。至於住在那兒的人呢，卻無人自以為是遺民或神仙，也從不會有人遇著遺民或神仙。

桃源洞離桃源縣二十五里。從桃源鄉坐小船沿沅水上行，船到白馬渡時，上南岸走去，忘路之遠近亂走一陣，桃花源就在眼前了。那地方桃花雖不如何動人，竹林卻很有意思。如椽如柱的大竹子，隨處皆可發現前人用小刀刻劃留下的詩歌。新派學生不甘自棄，也多刻下英文字母的題名。竹林裡，間或潛伏一二翦徑壯士，待機會霍地從路旁躍出，仿照《水滸傳》上英雄好漢行為，向遊客發個利市，使人來個湊手不及，不免吃點小驚。事實上是偶爾出現的。桃源縣城則與長江中部各小縣城差不多，一入城門最觸目的是推行印花稅與某種公債的布告。城中有棺材舖、官藥舖，有茶館、酒館，有米行、腳行，有和尚、道士，有經紀、媒婆。廟宇、祠堂多數為軍隊駐防，門外必有個武裝同志站崗。土棧、煙館既照章納稅，就受當地軍警保護。代表本地的出產，邊街上有幾十家玉器作，用珉石染紅著綠，琢成酒杯筆架等物，貨物品質平平常常，價錢卻不輕賤。另外還有個名為「後江」的地方，住下無數公私不分的妓女，很認真經營她們的職業。有些人家在一個菜園平房裡，有些卻又住在空船上，地方雖髒一點，倒富有詩意。這些婦女使用她們的下體，安慰軍政各界，且征服了往還沅水流域的煙販、木商、船主，以及種種因公出差過路人。挖空了每個顧客的錢包，維持許多人生活，促進地方的繁榮。一縣之長照例是個讀書人，從史籍上早知道這是人類一種最古的職業，沒有郡縣以前就有了它們，取締既與「風俗」不合，且影響到若干人生活，因此就很正當的定下一些規章制度，向這些人來抽收一種捐稅（並採取了個美麗名詞叫作「花捐」），把這筆款項用來補充地方行政、保安，或城鄉教育經費。

桃源既是個有名地方，每年自然就有許多「風雅」人，心慕古桃源之名，二三月裡攜了《陶靖節集》與《詩韻集成》等參考資料和文房四寶，來到桃源縣訪幽探勝。這些人往桃源洞賦詩前後，必尚有機會過後江走走，由朋友或專家引導，這家那家坐坐，燒匣煙，喝杯茶。看中意某一個女人時，問問行市，花個三元五元，便在那萬人用過的花板床上，壓著那可憐婦人胸膛放蕩一夜。於是紀游詩上多了幾首無題艷遇詩，把「巫峽神女」、「漢皋解珮」、「劉阮天台」等等典故，一律被引用到詩上去。看過了桃源洞，這人平常若是很謹慎的，自會覺得應當即早過醫生處走走，於是匆匆的回家了。至於接待過這種外路「風雅」人的神女呢，前一夜也許陸續接待過了三個麻陽船水手，後一夜又得陪伴兩個貴州省牛皮商人。這些婦人照例說不定還被一個散兵游勇，一個縣公署執達吏，一個公安局書記，或一個當地小流氓，長時期包定占有，客來時那人往煙館過夜，客去後再回到婦人身邊來燒煙。

妓女的數目占城中人口比例數不小。因此彷彿有各種原因，她們的年齡都比其他大都市更無限制。有些人年在五十以上，還不甘自棄，同孫女輩行來參加這種生活鬥爭，每日輪流接待水手同軍營中火伕。也有年紀不過十四五歲，乳臭尚未脫盡，便在那兒服侍客人過夜的。

她們的技藝是燒燒鴉片煙，唱點流行小曲，若來客是糧子上跑四方人物，還得唱唱軍歌黨歌，和時下電影明星的新歌，應酬應酬，增加興趣。她們的收入有些一次可得洋錢二十三十，有些一整夜又只得一塊八毛。這些人有病本不算一回事。實在病重了，不能作生意掙飯吃，間或就上街走到西藥房去打針，六零六、三零三扎那麼幾下，或請走方郎中配副藥，朱砂、茯苓亂吃一陣，只要支持得下去，總不會坐下來吃白飯。直到病倒了，毫無希望可言了，就叫毛伙用門板抬到那類住在空船中孤身過日子的老婦人身邊去，盡她嚥最後那一口氣。死去時親人呼天搶地哭一陣，罄所有請和尚安魂唸經，再托人賒購副四合頭棺木，或借「大加一」買副薄薄板片，土裡一埋也就完事了。

桃源地方已有公路，直達號稱湘西咽喉的武陵（常德），每日都有八輛十輛新式載客汽車，按照一定時刻在公路上奔馳，距常德約九十里，車票價錢一元零。這公路從常德且直達湖南省會的長沙，汽車路程約四小時，車票價約六元。公路通車時，有人說這條公路在湘省經濟上具有極大意義，意思是對於黔省出口特貨運輸可方便不少。這人似乎不知道特貨過境每次必三百擔五百擔，公路上一天不過十幾輛汽車來回，若非特貨再加以精製，每天能運輸特貨多少？關於特貨的精製，在各省嚴厲禁煙宣傳中，平民誰還有膽量來作這種非法勾當。假若在桃源縣某種舖子裡，居然有人能夠設法購買一點黃色粉末藥物，作為談天口氣，隨便問問，就會弄明白那貨物的來源是有來頭的。信不信由你，大股東中大頭腦有什麼「齡」字輩「子」字輩，還有沿江之督辦，上海之聞人。且明白出產地並不是桃源縣城，沿江上行六十里，有二十部機器日夜加工，運輸出口時或用輪船直往漢口，卻不需借公路汽車轉運長沙。

真可稱為桃源名產值得引人注意卻照例不及注意的，是家雞同雞卵，街頭巷尾無處不可以發現這種冠赤如火龐大莊嚴的生物，經常有重達一二十斤的。凡過路人初見這地方雞卵，必以為鴨卵或鵝卵。其次，桃源有一種小划子，輕捷、穩當、乾淨，在沅河中可稱首屈一指。一個外省旅行者，若想到湘西的永綏、干城、鳳凰，研究湘邊苗族的分布狀況；或想到湘西往四川的酉陽、秀山，調查桐油的生產；往貴州的銅仁，調查朱砂水銀的生產；往玉屏調查竹料種類，注意造簫製紙的手工業生產情況，皆可在桃源縣魁星閣下邊，雇妥那麼一隻小船，沿沅河溯流而上，直達目的地，到地時取行李上岸落店，毫無何等困難。

一隻桃源小划子上只能裝載一二客人。照例要個舵手，管理後梢，調動船隻左右。張掛風帆，鬆緊帆索，捕捉河面山谷中的微風。放纜拉船，量度河面寬窄與河流水勢，伸縮竹纜。另外還要攔頭工人，上灘下灘時看水認容口，出事前提醒舵手躲避石頭、惡浪與洑流，出事後點篙子，需要準確、穩重。這種人還要有膽量，有氣力，有經驗。張帆落帆都得很敏捷的即時拉桅下繩索。走風船行如箭時，便蹲坐在船頭上叫喝呼嘯，嘲笑同行落後的船隻。自己船隻落後被人嘲笑時，還要回罵；人家唱歌也得用歌聲作答。兩船相碰說理時，不讓別人占便宜。動手打架時，先把篙子抽出拿在手上。船隻逼入急流亂石中，不問冬夏，都得敏捷而勇敢的脫光衣褲，向急流中跳去，在水裡盡肩背之力使船隻離開險境。掌舵的因事故不能盡職，就從船頂爬過船尾去，作個臨時舵手。船上若有小水手，還應事事照料小水手，指點小水手。更有一份不可推卻的職務，便是在一切過失上，應與掌舵的各據小船一頭，相互辱宗罵祖，繼續使船前進。小船除此兩人以外，尚需要個小水手居於雜務地位，淘米，燒飯，切菜，洗碗，無事不作。行船時應蕩槳就幫同蕩槳，應點篙就幫同持篙。這種小水手大都在學習期間，應處處留心，取得經驗同本領。除了學習看水，看風，記石頭，使用篙槳以外，也學習挨打挨罵。盡各種古怪稀奇字眼兒成天在耳邊反覆響著，好好的保留在記憶裡，將來長大時再用它來辱罵旁人。上行無風吹，一個人還負了纖板，曳著一段竹纜，在荒涼河岸小路上拉船前進。小船停泊碼頭邊時，又得規規矩矩守船。關於他們經濟情勢，舵手多為船家長年雇工，平均算來合八分到一角錢一天。攔頭工有長年雇定的，人若年富力強多經驗，待遇同掌舵的差不多。若只是短期包來回，上行平均每天可得一毛或一毛五分錢，下行則盡義務吃白飯而已。至於小水手，學習期限看年齡同本事來，有些人每天可得兩分錢作零用，有些人在船上三年五載吃白飯。上灘時一個不小心，閃不知被自己手中竹篙彈入亂石激流中，泅水技術又不在行，在水中淹死了，船主方面寫得有字據，生死家長不能過問。掌舵的把死者賸餘的一點衣服交給親長說明白落水情形後，燒幾百錢紙，手續便清楚了。

一隻桃源划子，有了這樣三個水手，再加上一個需要趕路、有耐心、不嫌孤獨，能花個二十三十的乘客，這船便在一條清明透澈的沅水上下游移動起來了。在這條河裡在這種小船上作乘客，最先見於記載的一人，應當是那瘋瘋癲癲的楚逐臣屈原。在他自己的文章裡，他就說道：「朝發枉渚兮，夕宿辰陽。」若果他那文章還值得稱引，我們尚可以就「沅有芷兮澧有蘭」與「乘舲上沅」這些話，估想他當年或許就坐了這種小船，溯流而上，到過出產香草香花的沅州。沅州上游不遠有個白燕溪，小溪谷裡生長芷草，到如今還隨處可見。這種蘭科植物生根在懸崖罅隙間，或蔓延到松樹枝椏上，長葉飄拂，花朵下垂成一長串，風致楚楚。花葉形體較建蘭柔和，香味較建蘭淡遠。游白燕溪的可坐小船去，船上人若伸手可及，多隨意伸手摘花，頃刻就成一束。若崖石過高，還可以用竹篙將花打下，盡它墮入清溪洄流裡，再用手去溪裡把花撈起。除了蘭芷以外，還有不少香草香花，在溪邊崖下繁殖。那種黛色無際的崖石，那種一叢叢幽香眩目的奇葩，那種小小回旋的溪流，合成一個如何不可言說、迷人心目的聖境！若沒有這種地方，屈原便再瘋一點，據我想來他文章未必就能寫得那麼美麗。

什麼人看了我這個記載，若神往於香草香花的沅州，居然從桃源包了小船，過沅州去，希望實地研究解決《楚辭》上幾個草木問題。到了沅州南門城邊，也許無意中會一眼瞥見城門上有一片觸目黑色。因好奇想明白它，一時可無從向誰去詢問。他所見到的只是一片新的血跡，並非什麼古跡。大約在清黨前後，有個晃州姓唐的青年，北京農科大學畢業生，在沅州、晃州兩縣，用黨務特派員資格，率領了兩萬以上四鄉農民和一群青年學生，肩持各種農具，上城請願。守城兵先已得到長官命令，不許請願群眾進城。於是雙方自然而然發生了衝突。一面是旗幟、木棒，呼喊與憤怒，一面是居高臨下，一尊機關槍同十枝步槍。街道既那麼窄，結果站在最前線上的特派員同四十多個青年學生與農民，便全在城門邊犧牲了。其餘農民一看情形不對，拋下農具四散跑了。那個特派員的身體，於是被兵士用刺刀釘在城門木板上示眾三天，三天過後，便連同其他犧牲者，一齊拋入屈原所稱讚的清流裡餵魚吃了。幾年來本地人在內戰反覆中被派捐拉伕，應付差役中把日子混過去，大致把這件事也慢慢的忘掉了。

桃源小船載到沅州府，舵手把客人行李扛上岸，討得酒錢回船時，這些水手必乘興過南門外皮匠街走走。那地方同桃源的後江差不多，住下不少經營最古職業的人物，地方既非商埠，價錢可公道一些。花五角錢關一次門，上船時還可以得一包黃油油的上淨絲煙，那是十年前的規矩。照目前百物昂貴情形想來，一切當然已不同了，出錢的花費也許得多一點，收錢的待客也許早已改用「美麗牌」代替「上淨絲」了。

或有人在皮匠街驀然間遇見水手，對水手發問：「弄船的，『肥水不落外人田』，家裡有的你讓別人用，用別人的你還得花錢，這上算嗎？」

那水手一定會拍著腰間麂皮抱兜，笑瞇瞇的回答說：「大爺，『羊毛出在羊身上』，這錢不是我桃源人的錢，上算的。」

他回答的只是後半截，前半截卻不必提。本人正在沅州，離桃源遠過六七百里，桃源那一個他管不著。

便因為這點哲學，水手們的生活，比起「風雅人」來似乎也灑脫多了。若說話不犯忌諱，無人疑心我「袒護無產階級」，我還想說，他們的行為，比起那些讀了些「子曰」，帶了《五百家香艷詩》去桃源尋幽訪勝，過後江討經驗的「風雅人」來，也實在還道德得多。

【解讀】

沈從文（一九〇二～一九八八），湖南鳳凰縣人。自學成名，是民國二十至四十年代重要的散文小說作家。作品常以沅水流域的湘西世界為背景，小說集《邊城》、散文集《湘行散記》等等，都是如此。〈桃源與沅州〉就是從《湘行散記》裡選出來的。

民國七年（一九一八），讀小學高年級的沈從文就隨著土著部隊從軍五年，遠赴川、黔等地，對沅水流域的幾個城鎮尤其熟悉。民國十二年（一九二三），他棄武學文，到北京自學寫作，翌年開始發表作品，漸在文壇嶄露頭角。民國十九年（一九三〇）起，先後在武漢大學、青島大學、北京大學等校任教。民國二十三年（一九三四）一至二月間的寒冬臘月裡，沈從文曾由北京返鄉探望病危的母親，沿途將湘西風土人情及所見所聞，寫信給妻子張兆和，後來彙為《湘行書簡》。書中最後附錄一封沈從文該年三月五日寫給他長兄沈雲六的書信。信中除了悼念亡母及安頓家事之外，還這樣說：「近來還得為《國聞周報》作評論，星期天也無休息時節。」他所說為《國聞周報》寫的文章，應即指這篇〈桃源與沅州〉而言。這篇文章據作者自訂的文獻資料，作於該年三月間，而發表於次年（一九三五）三月出版的《國聞周報》第十二卷第十一期。後來和他同年陸續寫作的其他追記返鄉探母途中見聞的文章，結集為《湘行散記》，於民國三十五年（一九四六）由商務印書館出版。集中像〈鴨窠圍的夜〉，充滿著抒情的韻味，而〈桃源與沅州〉這一篇，則在敘事之外，較有當時文壇流行的幽默戲謔的「評論」色彩。

不過，整體而言，沈從文筆下的湘西世界，在濃烈的鄉土氣息之中，有如田野的牧歌，一直委婉而悲涼，有淡淡的孤獨悲哀。

〈桃源與沅州〉這篇文章，不但介紹桃源、沅州這兩個湘西古城的風土民情，而且更著重於描寫搭船隻從桃源溯沅水而上，直至沅州的途中所見所聞。作者在民國二十年（一九三一）所寫的《從文自傳》中，曾經說他自己從這條河水上，「明白了多少人事，學會了多少知識，見過了多少世界」，連想像也是「在這河水上面擴大的」，因此他常「把過去生活加以溫習」。民國二十三年（一九三四）的一二月間，他從北京返鄉探母時，為了給愛妻張兆和寫信，已經溫習過了一次，到了三月間追記這篇文章時，又重溫了一次。一月十八日他寫給妻子張兆和的信中，已經說過下列的這些話：

站在船後艙看了許多水，我心中忽然好像徹悟了一些，同時又好像從這條河中得到了許多智慧。……我輕輕的嘆息了好些次。山頭夕陽極感動我，水底各色圓石也極感動我，我心中似乎毫無什麼渣滓，透明燭照，對河水，對夕陽，對拉船人同船，皆那麼愛著，十分溫暖的愛著。

我們平時不是讀歷史嗎？一本歷史書除了告訴我們些另一時代最笨的人相斫相殺以外有些什麼？但真的歷史卻是一條河。從那日夜長流、千古不變的水裡石頭和砂子，腐了的草木，破爛的船板，使我觸著平時我們所疏忽了若干年代若干人類的哀樂。

因此他三月在寫〈桃源與沅州〉這篇文章時，便將沅河流域所常見的水手船工和河街吊腳樓的妓女，以及河水夕陽砂石草木等等，寫進文中來。後來寫〈鴨窠圍的夜〉、〈一個多情水手和一個多情婦人〉等文，有更多的描繪。《湘行散記》中的〈一九三四年一月十八〉那篇文章，寫得更清楚。可以這樣說：十六年前，沈從文從故鄉鳳凰城走出去，十六年後他又像鮭魚一樣，回來尋找他出生的故鄉，重溫舊時的記憶。從桃源到沅州，是兩個地點，這是空間的距離，沅水把它們連成一條線；在歷史的長河裡，文中所提到的屈原、陶淵明到民國初年的清黨時期，甚至是作者放舟河上的日子，這是時間的距離，作者用這篇文章把它們連成一條線，而貫穿其間的卻是水手和妓女。他「十分溫暖的愛著」他們。對於這些古今都是社會底層的人，他不是同情和憐憫，而是愛與尊敬。他從客觀寫實的角度來記載這兩座古城的歷史與世事的變化，卻用略帶幽默戲謔的筆調來描寫水手和妓女的愛情與生命的滄桑。

這篇文章先寫桃源，後寫沅州。

這一次，作者由北京經天津、徐州、鄭州、漢口、長沙到武陵（常德），然後由一個熟識人面的開酒店的朋友，陪著坐車到桃源上船。十多年沒見，他眼前的桃源縣，一切似熟悉而又極生疏了。

他先從陶淵明的〈桃花源記〉談起，說陶淵明筆下的桃源，桃花夾岸，芳草鮮美，是洞天福地，彷彿住的都是避亂隱居的遺民或神仙。可是實際上，住在那兒的人，卻無人這樣以為，而且白馬渡南岸的桃源洞，桃花並不如何動人，反而在如椽如柱的竹林中，偶而會潛伏一二《水滸傳》中的「剪徑壯士」。這是歷史傳說與現實世界的差距。他筆下的桃源古城，於是有了歷史的和現實的兩個面貌。他在敘述時，雖有層次，但卻是錯綜間雜的，沒有特別講究什麼組織結構。

他先在第一段中說「千餘年來讀書人對於桃源的印象」是「不怎麼改變」的，然後在第三段才又接上這個話題，說：「桃源既是個有名地方，每年自然就有許多『風雅』人，心慕古桃源之名，二三月裡攜了《陶靖節集》與《詩韻集成》等參考資料和文房四寶，來到桃源縣訪幽探勝。」作者對於這些附庸風雅、自命風流卻又愛狎妓的文人，頗用了一些幽默戲謔的文字加以調侃。調侃他們的重點，就在第二段已經鋪陳敘寫的妓女身上。

然而，作者對於妓女本人是不嘲弄的。他說她們和城中許多別的行業一樣，「很認真經營她們的職業」，「使用她們的下體，安慰軍政各界，且征服了往還沅水流域的煙販、木商、船主，以及種種因公出差過路人。挖空了每個顧客的錢包，維持許多人生活，促進地方的繁榮。」地方行政、保安或城鄉教育經費，都是靠抽取她們一種美名「花捐」的稅捐而來。然後在第四、五兩段才又接上這個話題，記敘她們的人口數目、年齡和技藝，甚至說明她們得病以及死亡的種種悲慘的狀況。但是作者絲毫沒有揶揄的意思，甚至沒有用什麼憐憫的字眼，來強調她們「很認真經營她們的職業」。對於這些妓女，我們在沈從文筆下看到的，不是同情或憐憫，而是愛與尊敬。

接下來的兩段，介紹桃源縣的對外交通和雞卵等特產，寫得頗詳細，和介紹妓女一樣。然而在介紹交通和雞卵的同時，作者的筆勢，也就很巧妙地由公路上的汽車和外省的旅行者過路人，轉到桃源水路上的小划子上面來了。

作者對於桃源小划子的這種小船隻，從其形制、載量、配備到其費用，都有明白的介紹，對於船家水手的言語動作以及工作概況，也有頗為詳細的說明。這種小划子，通常有三個水手，一個當舵手，要張帆牽索，放纜拉船，管理後梢，調動船隻左右；一個當攔頭工人，上灘下灘時要提醒舵手避開風險，需要有力氣和膽量，平時蹲坐船頭叫喝呼嘯，或嘲弄同行，或唱歌答和；船入急流亂石時，「不問冬夏，都得敏捷而勇敢的脫光衣褲，向急流中跳去，在水裡盡肩背之力使船隻離開險境」；另外還要個小水手，做淘米、切菜、燒飯等等雜務，學習看水看風，記石頭、用篙槳，還要「學習挨打挨罵」。只要有這樣三個水手，這船隻也就能在「清明透徹的沅水上下游移動起來了」。

如此一來，文章寫作的重心，也就由桃源溯流而上，轉到沅州了。沈從文為了說明沅州出產香草香花，特別引用到了屈原的「朝發枉渚兮，夕宿辰陽」、「沅有芷兮澧有蘭」等句，來描述沅州上游的白燕溪，芷草如何芳香，景物如何迷人。「若沒有這種地方，屈原便再瘋一點，據我想來他文章未必就能寫得那麼美麗。」這種側面的形容風景的秀麗，比正面的描寫，有時候更能予人真實的感受。

引用屈原《楚辭》，是溯及古代的歷史，對於沅州，沈從文又從楚逐臣屈原身上寫到了若干年前沅州南門城邊發生的一件慘案：大約在清黨前後，一個姓唐的青年特派員，因率領農民學生肩持農具上城請願，被守城的官兵用機關槍掃射，死了四十多人，特派員的身體還「被兵士用刺刀釘在城門木板上示眾三天，三天過後，便連同其他犧牲者，一齊拋入屈原所稱讚的清流裡餵魚吃了」。才不過幾年，人們已「把這件事也慢慢的忘掉了」。

悲涼的故事，歷史的悲劇，古今一再重演著，不變的彷彿只有沅水上來來往往的水手和客人。他們經過沅州時，仍然會去南門外的皮匠街走走。那地方同桃源的後江差不多，「住下不少經營最古職業的人物」，只是價錢比較便宜。原來沈從文還是把話題拉回到水手和妓女的身上。

最後，沈從文用幽默的筆調，來寫從桃源來到沅州嫖妓的水手，當有人笑問他：「家裡有的你讓別人用，用別人的你還得花錢，這上算嗎？」水手的回答竟然是：「『羊毛出在羊身上』，這錢不是我桃源人的錢，上算的。」這樣的對話，真會叫人笑出了淚，只是淚是悲涼的。在沈從文的心目中，這些水手和妓女，都很認真在經營他們的職業，「比起『風雅人』來似乎也灑脫多了」。讀了些「子曰」、帶了《五百家香艷詩》去桃源尋幽訪勝，過後江討經驗的「風雅人」，其實虛偽而好名，一點也不風雅。

【作法】

沈從文無論寫小說或散文，都有其獨特的鄉土氣息。他在《沈從文小說選集・題記》中就自己這樣說：

我的作品稍稍異於同時代作家處，在一開始寫作時，取材的側重在寫我的家鄉，我生於斯長於斯的一條延長千里水路的沅水流域。對沅水和它的五個支流、十多個縣分的城鎮及幾百大小碼頭，給我留下人事哀樂、景物印象，想試試作綜合處理，看是不是能產生點散文詩的效果。

散文詩是民國初年流行的文體，散文寫得像詩一般，詩又寫得像無韻的散文。沈從文的嘗試和努力沒有白費，他以家鄉湘西為題材所寫的小說和散文，果然都有詩的韻味。

沈從文寫湘西世界，所以能夠成功，其原因不僅在於湘西自有巫覡楚文化的異域情調，也不僅在於他善於寓情於景，更重要的是，在於他的生活閱歷和真實情感。他從軍五六年，除了湘西一帶之外，到過四川、貴州等地，接觸到無數的士兵、土匪、巫醫、私販、水手、妓女等等三教九流的人物，學會他們的語言，了解他們的生活方式。他從實際的接觸與體驗中，深切體會到這些卑微的人物，在做事和為人方面也有可愛的一面，能夠給人「德性的愉快，責任的愉快」，所以他勇敢大膽的把一些世俗認為「不堪入耳」、「不堪入目」的題材，寫進作品之中。在別人看來，這些人物和故事可能污穢不堪，可是沈從文卻用心寫出，細膩描述。像〈桃源與沅州〉著墨最多的妓女和水手，就是最好的例子。

在他的筆下，水手能吃能喝，在水上「善唱歌、泅水、打架、罵野話。下水時如一尾魚；上岸接近婦人時像一隻小公豬」，而妓女們住在背靠河水、房子用木架支撐在河崖上的吊腳樓裡，有些年紀在五十以上，也有的不過十四五歲，都「參加這種生活鬥爭」，「使用她們的下體」，「很認真經營她們的職業」。於是船上賣力的水手和漂泊寄食的妓女，就鋪成了一頁頁湘西特有的生活景象了。

沈從文以藝術的眼光，抱著真誠的心來寫作。他描寫水手妓女時，不用同情或憐憫的眼光來寫，反而常出之以幽默戲謔的筆調。但是，我們讀了之後，卻感覺得到他對這些社會卑微的人物只有愛和尊敬，而不是同情憐憫，更不是戲謔嘲弄。這就好像他自己說的，他對沅水這歷史長河裡的石頭砂子、腐爛的水草、破碎的船板，也都有溫暖的愛一樣。因為這都是歷史，都是沅水流域的歷史，都是湘西文化的一部分。

他這麼忠實的認真的寫出來，是為了什麼呢？

我想答案是不確定的。我只知道沈從文不但寫的題材和同時代的作家不一樣，連寫作方法也跟很多人不一樣。一般人寫作，講文章要有作法，要有層次，要有嚴謹的組織結構，可是沈從文卻似乎不管這些。他信筆之所至，水上岸上，艙裡房裡，古今遠近，錯綜間雜寫出，似乎沒有什麼章法，只是行乎所當行，止乎所不可不止，眼看他的筆快跑野馬去了，卻又突然而且自然的回到原先所談的話題上。

這種不成章法的寫法，其實也是一種寫作的方法。

思考與練習

一、沈從文的這篇文章，寫桃源與沅州兩個地方的風土人情，你能指出文章的哪個段落，是它們的分界線嗎？

二、你讀這篇散文，會不會覺得它同時具有詩的筆觸與小說的趣味？

三、想一想讀後感該怎麼寫，先擬好提綱，然後才下筆。

第14講　老舍／我的母親

老舍（一八九九～一九六六），原名舒慶春，字舍予。滿族，生於北京。現代著名的小說、戲劇作家。作品以富於「北京味兒」聞名，散文樸實淺白，亦具這種特色。

〈我的母親〉這樣的題目，很多人都寫過，大都能寫出母親的偉大和辛苦，但能寫得像老舍這樣感人的，應該不多。原因就在於：老舍真「會說話」，說得這樣淺白大眾化，卻又簡勁有味，耐人咀嚼，記人敘事，善用譬喻，就像說故事一樣吸引人。

我的母親

老舍

母親的娘家是北平德勝門外，土城兒外邊，通大鐘寺的大路上的一個小村裡。村裡一共有四五家人家，都姓馬。大家都種點不十分肥美的地，但是與我同輩的兄弟們，也有當兵的，作木匠的，作泥水匠的，和當巡察的。他們雖然是農家，卻養不起牛馬，人手不夠的時候，婦女便也須下地作活。

對於姥姥家，我只知道上述的一點。外公外婆是什麼樣子，我就不知道了，因為他們早已去世。至於更遠的族系與家史，就更不曉得了；窮人只能顧眼前的衣食，沒有功夫談論什麼過去的光榮；「家譜」這字眼，我在幼年就根本沒有聽說過。

母親生在農家，所以勤儉誠實，身體也好。這一點事實卻極重要，因為假若我沒有這樣的一位母親，我以為我恐怕也就要大大的打個折扣了。

母親出嫁大概是很早，因為我的大姊現在已是六十多歲的老太婆，而我的大外甥女還長我一歲啊。我有三個哥哥，四個姊姊，但能長大成人的，只有大姊，二姊，三姊，三哥與我。我是「老」兒子。生我的時候，母親已有四十一歲，大姊二姊已都出了閣。

由大姊與二姊所嫁入的家庭來推斷，在我生下之前，我的家裡，大概還馬馬虎虎的過得去。那時候定婚講究門當戶對，而大姊丈是作小官的，二姊丈也開過一間酒館，他們都是相當體面的人。

可是，我，我給家庭帶來了不幸：我生下來，母親暈過去半夜，才睜眼看見她的老兒子——感謝大姊，把我揣在懷中，致未凍死。

一歲半，我把父親「剋」死了。

兄不到十歲，三姊十二、三歲，我才一歲半，全仗母親獨力撫養了。父親的寡姊跟我們一塊兒住，她吸鴉片，她喜摸紙牌，她的脾氣極壞。為我們的衣食，母親要給人家洗衣服，縫補或裁縫衣裳。在我的記憶中，她的手終年是鮮紅微腫的。白天，她洗衣服，洗一兩大綠瓦盆。她做事永遠絲毫也不敷衍，就是屠戶們送來的黑如鐵的布襪，她也給洗得雪白。晚間，她與三姊抱著一盞油燈，還要縫補衣服，一直到半夜。她終年沒有休息，可是在忙碌中她還把院子屋中收拾得清清爽爽。桌椅都是舊的，櫃門的銅活久已殘缺不全，可是她的手老使破桌面上沒有塵土，殘破的銅活發著光。院中，父親遺留下的幾盆石榴與夾竹桃，永遠會得到應有的澆灌與愛護，年年夏天開許多花。

哥哥似乎沒有同我玩耍過。有時候，他去讀書；有時候，他去學徒；有時候，他也去賣花生或櫻桃之類的小東西。母親含著淚把他送走，不到兩天，又含著淚接他回來。我不明白這都是什麼事，而只覺得與他很生疏。與母親相依為命的是我與三姊。因此，她們作事，我老在後面跟著。她們澆花，我也張羅著取水；她們掃地，我就撮土……從這裡，我學得了愛花，愛清潔，守秩序。這些習慣至今還被我保存著。

有客人來，無論手中怎麼窘，母親也要設法弄一點東西去款待。舅父與表哥們往往是自己掏錢買酒肉食。這使她臉上羞得飛紅，可是殷勤的給他們溫酒作麵，又給她一些喜悅。遇上親友家中有喜喪事，母親必把大褂洗得乾乾淨淨，親自去賀吊——一份禮也許只是兩吊小錢。到如今，我的好客的習性，還未全改，儘管生活是這麼清苦，因為自幼兒看慣了的事情是不易改掉的。

姑母常鬧脾氣。她單在雞蛋裡找骨頭。她是我家中的閻王。直到我入了中學，她才死去，我可是沒有看見母親反抗過。「沒受過婆婆的氣，還不受大姑子的嗎？命當如此！」母親在非解釋一下不足以平服別人的時候，才這樣說。是的，命當如此。母親活到老，窮到老，辛苦到老，全是命當如此。她最會吃虧。給親友鄰居幫忙，她總跑在前面：她會給嬰兒洗三——窮朋友們可以因此少花一筆「請姥姥」錢，她會刮痧，她會給孩子們剃頭，她會給少婦們絞臉……凡是她能做的，都有求必應。但是吵嘴打架，永遠沒有她。她寧吃虧，不逗氣。當姑母死去的時候，母親似乎把一世的委屈都哭了出來，一直哭到墳地。不知道哪裡來的一位侄子，聲稱有承繼權，母親便一聲不響，教他搬走那些破桌子爛板凳，而且把姑母養的一隻肥母雞也送給他。

可是，母親並不軟弱。父親死在庚子鬧「拳」的那一年。聯軍入城，挨家搜索財物雞鴨，我們被搜兩次。母親拉著哥哥與三姊坐在牆根，等著「鬼子」進門，街門是開著的。「鬼子」進門，一刺刀先把老黃狗刺死，而後入室搜索。他們走後，母親把破衣箱搬起，才發現了我。假若箱子不空，我早就被壓死了。皇上跑了，丈夫死了，鬼子來了，滿城是血光火焰，可是母親不怕，她要在刺刀下，飢荒中，保護著兒女。北平有多少變亂啊，有時候兵變了，街市整條的燒起，火團落在我們院中。有時候內戰了，城門緊閉，鋪店關門，晝夜響著槍炮。這驚恐，這緊張，再加上一家飲食的籌劃，兒女安全的顧慮，豈是一個軟弱的老寡婦所能受得起的？可是，在這種時候，母親的心橫起來，她不慌不哭，要從無辦法中想出辦法來。她的淚會往心中落！這點軟而硬的個性，也傳給了我。我對一切人與事，都取和平的態度，把吃虧看作當然的。但是，在做人上，我有一定的宗旨與基本的法則，什麼事都可將就，而不能超過自己劃好的界限。我怕見生人，怕辦雜事，怕出頭露面；但是到了非我去不可的時候，我便不得不去，正像我的母親。從私塾到小學，到中學，我經歷過起碼有廿位教師吧，其中有給我很大影響的，也有毫無影響的，但是我的真正的教師，把性格傳給我的，是我的母親。母親並不識字，她給我的是生命的教育。

當我在小學畢了業的時候，親友一致的願意我去學手藝，好幫助母親。我曉得我應當去找飯吃，以減輕母親的勤勞困苦。可是，我也願意升學。我偷偷的考入了師範學校——制服，飯食，書籍，宿處，都由學校供給。只有這樣，我才敢對母親提升學的話。入學，要交十元的保證金。這是一筆巨款！母親做了半個月的難，把這巨款籌到，而後含淚把我送出門去。她不辭勞苦，只要兒子有出息。當我由師範畢業，而被派為小學校校長，母親與我都一夜不曾合眼。我只說了句：「以後，您可以歇一歇了！」她的回答只有一串串的眼淚。我入學之後，三姊結了婚。母親對兒女是都一樣疼愛的，但是假若她也有點偏愛的話，她應當偏愛三姊，因為自父親死後，家中一切的事情都是母親和三姊共同撐持的。三姊是母親的右手。但是母親知道這右手必須割去，她不能為自己的便利而耽誤了女兒的青春。當花轎來到我們的破門外的時候，母親的手就和冰一樣的涼，臉上沒有血色——那是陰曆四月，天氣很暖。大家都怕她暈過去。可是，她掙扎著，咬著嘴唇，手扶著門框，看花轎徐徐的走去。不久，姑母死了。三姊已出嫁，哥哥不在家，我又住學校，家中只剩母親自己。她還須自曉至晚的操作，可是終日沒人和她說一句話。新年到了，正趕上政府倡用陽曆，不許過舊年。除夕，我請了兩小時的假。由擁擠不堪的街市回到清爐冷灶的家中。母親笑了。及至聽說我還須回校，她楞住了。半天，她才嘆出一口氣來。到我該走的時候，她遞給我一些花生，「去吧，小子！」街上是那麼熱鬧，我卻什麼也沒看見，淚遮迷了我的眼。今天，淚又遮住了我的眼，又想起當日孤獨的過那淒慘的除夕的慈母。可是慈母不會再候盼著我了，她已入了土！

兒女的生命是不依順著父母所設下的軌道一直前進的，所以老人總免不了傷心。我廿三歲，母親要我結了婚，我不要。我請來三姊給我說情，老母含淚點了頭。我愛母親，但是我給了她最大的打擊。時代使我成為逆子。廿七歲，我上了英國。為了自己，我給六十多歲的老母以第二次打擊。在她七十大壽的那一天，我還遠在異域。那天，據姊姊們後來告訴我，老太太只喝了兩口酒，很早的便睡下。她想念她的幼子，而不便說出來。

七七抗戰後，我由濟南逃出來。北平又像庚子那年似的被鬼子佔據了，可是母親日夜惦念的幼子卻跑西南來。母親怎樣想念我，我可以想像得到，可是我不能回去。每逢接到家信，我總不敢馬上拆看，我怕，怕，怕，怕有那不祥的消息。人，即使活到八九十歲，有母親便可以多少還有點孩子氣。失了慈母便像花插在瓶子裡，雖然還有色有香，卻失去了根。有母親的人，心裡是安定的。我怕，怕，怕家信中帶來不好的消息，告訴我已是失了根的花草。

去年一年，我在家信中找不到關於老母的起居情況。我疑慮，害怕。我想像得到，如有不幸，家中念我流亡孤苦，或不忍相告。母親的生日是在九月，我在八月半寫去祝壽的信，算計著會在壽日之前到達。信中囑咐千萬把壽日的詳情寫來，使我不再疑慮。十二月二十六日，由文化勞軍的大會上回來，我接到家信。我不敢拆讀。就寢前，我拆開信，母親已去世一年了！

生命是母親給我的。我之能長大成人，是母親的血汗灌養的。我之能成為一個不十分壞的人，是母親感化的。我的性格，習慣，是母親傳給的。她一世未曾享過一天福，臨死還吃的是粗糧。唉！還說什麼呢？心痛！心痛！

【解讀】

老舍（一八九九～一九六六），原名舒慶春，字舍予。滿族，生於北京。現代著名的小說、戲劇作家。作品以富於「北京味兒」聞名，散文樸實淺白，亦具這種特色。〈我的母親〉一文，選自民國三十二年（一九四三）四月出版的《半月文萃》第一卷第九、十期合刊號。當時老舍正住在重慶，參與全國抗敵（反日）協會的文化工作。他離家多年，不知道他的母親已於民國三十年（一九四一）間去世，次年八月他寫信問有關為母親祝壽的事情，家人知道不能再隱瞞了，十二月間才告訴詳情。因此老舍在悲痛之餘，寫了這篇文章來表示悼念，先是發表在民國三十二年（一九四三）一月十三日的《時事新報》上，後來才又被選入《半月文萃》中。

這篇文章記敘母親的一生，從她的出身到去世為止，大致都按時間的先後來寫作。全文可以分為五大段：

第一大段包含原始前三段，從開頭到「我以為我恐怕也就要大大的打個折扣了」為止，重點在介紹母親的出身。她姓馬，名字不知道，出身在窮苦的農家。她娘家住在「北平德勝門外，土城兒外邊，通大鐘寺的大路上的一個小村裡」、「與我同輩的兄弟們，也有當兵的，作木匠的，作泥水匠的，和當巡察的」，「雖然是農家，卻養不起牛馬，人手不夠的時候，婦女便也須下地作活」，這些話一則說明母親出身於貧農之家，一則說明母親有時也要「下地作活」。第二段說外公外婆早死，也不曉得有什麼族系和家譜，第三段說母親「勤儉誠實，身體也好」，都與此有關，可以說都是對原始第一段的補充說明。老舍不知道自己的母親叫什麼名字，現代人可能會覺得很奇怪，其實這在舊式社會封建家庭裡，婦從夫姓，名字常常會被遺忘的。

第二大段從原始第四段「母親出嫁大概是很早」開始，到原始第五段「他們都是相當體面的人」為止，記敘母親出嫁後，總共生了四子四女。老舍最小。生老舍時，母親已四十一歲，大姊二姊已嫁了人，所以老舍自稱是「老兒子」。而且在生老舍之前，有一個姊姊和兩個哥哥夭折而亡了，所以老舍在清光緒二十五年（一八九九）二月三日出生時，父親老年得子，非常高興，為他取名「慶春」。

當時他們家住護國寺附近的小羊圈胡同（今易名為「小楊家胡同八號院」），父親舒永壽，是北京旗人社會中最普通的一位守城護軍。因為旗人的家庭受到清朝的照顧，所以他們家的生活還過得去。原始第五段所以會寫大姊二姊分別嫁給「作小官的」和「開過一間酒館」的，用意即在於此。因為當時的社會風氣，講究的是門當戶對。

第三大段，從原始第六段的「可是，我，我給家庭帶來了不幸」到第九段的「這些習慣至今還被我保存著」為止，寫父親死後，母親如何含辛茹苦的來維持家庭，教育兒女。

老舍悼念母親時，一直懷著羞愧悔恨的心情，來表示他的不孝，也因此在這裡自責地說：「我給家庭帶來了不幸」。一是「我生下來，母親暈過去半夜」；一是到了一歲半，即光緒二十六年（一九〇〇）的八月十五日，八國聯軍攻入北京時，老舍的父親陣亡了。老舍自己說是：「我把父親『剋』死了。」

原始第七段，只有兩個短句，是有意加重語氣，提請讀者注意。

以下二段，老舍用了很多具體的事例，來說明他父親死後，母親如何「獨力撫養」三個子女。三姊十二三歲，哥哥不到十歲，老舍一歲半。其實跟他們同住的，還有「父親的寡姊」，可是這位守寡的大姑母卻「吸鴉片」、「喜摸紙牌」、「脾氣極壞」，顯然不能幫母親的忙，而且還增加負擔。因為如此，老舍才要特別強調他的母親對他們姊弟三人是「獨力撫養」。

這「獨力撫養」，不只指對子女衣食的供應和生活的照顧，而且還包括工作的態度和品德的陶冶。第八段說她白天「要給人家洗衣服」，晚間還要「縫補或裁縫衣裳」，「一直到半夜」。雖然「終年沒有休息」，手常「鮮紅微腫」，可是「她做事永遠絲毫也不敷衍」。屠戶們送來的污黑布袜，洗得雪白；院子屋中，再忙碌也收拾得清清爽爽；舊桌面椅腿、老銅活零件，清理得乾淨發亮；父親遺留下的盆栽，也常澆灌，「年年夏天開許多花」。衣食的提供沒有明寫，對子女的教養，則強調是以身作則，潛移默化。第九段說自己與哥哥不同，老是跟在母親和三姊的後面做事，澆花、取水、掃地、撮土，「從這裡，我學得了愛花，愛清潔，守秩序」，而且還強調：「這些習慣至今還被我保存著」。這些地方，都說明了他母親在工作態度上的認真，使作者養成了後來的生活習慣。

第四大段，從原始第十段的「有客人來」，到第十二段的「她給我的是生命的教育」為止，寫他母親在待人處世方面，能分別兼顧寬容與堅持兩個原則。這一大段與上一大段是可以合併的。

原始第十段說「有客人來」，母親一定設法款待；遇上親友家中有喜喪事，必定穿戴乾淨，親自去賀弔。這和第十一段所說的「姑母常鬧脾氣」，一直到死，「沒有看見母親反抗過」，因為母親認為「命當如此」而不計較；給親友鄰居幫忙，「她總跑在前面」，洗三、刮痧、剃頭、絞臉……，「凡是她能做的，都有求必應」。說了很多事例，都是為了說明母親「最會吃虧」，而且最會認命。「母親活到老，窮到老，辛苦到老，全是命當如此。」這是老舍為母親的吃苦、寬容、認命，所作的一個總結。

然而，老舍又在第十二段中，舉了很多事例來說明「母親並不軟弱」，而另外有其堅強的一面。當八國聯軍入城蒐掠時，「皇上跑了，丈夫死了，鬼子來了，滿城是血光火焰，可是母親不怕，她要在刺刀下，飢荒中，保護著兒女。」她不慌不哭，要從無辦法中想出辦法來。老舍說，母親的這個性格，也傳給了他，比起學校裡的老師給他的影響還大，因此他這樣下結論說：「母親並不識字，她給我的是生命的教育。」這一句話，也可以說是這一篇文章的旨趣所在。

第五大段，從原始第十三段的「當我在小學畢了業的時候」起，到全文的最後為止，作者完全以時間的先後為序，寫他小學畢業去報考師範學校以迄他獲悉母親去世而寫這篇文章之間的一些經歷。他入學需要一大筆保證金，母親原是要他去學手藝的，卻為他籌到了；三姊出嫁，原是母親所捨不得的，卻擔心耽誤女兒青春忍痛答應了。這些都是母親為兒女所作的無私的奉獻。讀師範時，新年除夕，不能陪伴母親守歲；二十三歲時，母親要他結婚，他不肯；二十七歲時去英國工作，不能承歡膝下，連母親的七十大壽都不能參加，這些都會讓母親傷心的事，母親卻或忍淚點了頭，或獨自承受，「只喝了兩口酒，很早的便睡下」。

以上所說的，都還是老舍三十歲左右以前的事，到了民國二十六年（一九三七）的「七七事變」發生以後，老舍由濟南一路逃至後方重慶，北京也淪陷了，老舍不能回北京，只能靠寄信問候母親。戰爭的年代，有說不盡的悲歡離合，也有說不出的痛苦無奈。民國三十年（一九四一），老舍的母親去世了，家人瞞著不告訴他。等到他發覺家書有異，開始追查時，母親「已去世一年了」。

最後一小段結語，呼應了上文「她給我的是生命的教育」。語極沉痛，意極感人。

【作法】

老舍的文章，很多人都說有「北京味兒」。所謂「北京味兒」，依筆者看法，應該是指用語淺白，卻又帶勁，有點俏皮的味道。〈我的母親〉這樣的題目，很多人都寫過，大都能寫出母親的偉大和辛苦，但能寫得像老舍這樣感人的，應該不多。原因就在於：老舍真「會說話」，說得這樣淺白大眾化，卻又簡勁有味，耐人咀嚼，記人敘事，善用譬喻，就像說故事一樣吸引人。

文章的開頭，要介紹母親的出身，要是換成別的作家，可能這樣起筆：「我的母親姓馬，出身於一個貧苦的農家……」，這樣寫，內容一樣，但只是事實的陳述或說明，不容易給人具體的印象和深刻的感受。老舍則不然。他從「德勝門外，土城兒外邊，通大鐘寺的大路上的一個小村裡」寫起，話說得淺白，有層次，有味道，而且說得俏皮。筆下寫的人物，包括姑母、哥哥、姊姊等等；寫的事情，包括家事、世事或國事，也都常在說故事之外，夾雜一兩句俏皮話。有些俏皮話用在悼念文句之中，反而更突顯出作者內心的悲痛。例如倒數第三段中所說的：「每逢接到家信，我總不敢馬上拆看，我怕，怕，怕，怕有那不祥的消息。人，即使活到八九十歲，有母親便可以多少還有點孩子氣。失了慈母便像花插在瓶子裡，雖然還有色有香，卻失去了根。有母親的人，心裡是安定的。我怕，怕，怕，怕家信中帶來不好的消息，告訴我已是失了根的花草。」

最後的結語也這樣說：「唉！還說什麼呢？心痛！心痛！」

像這些例子，都可以看出老舍這篇散文果然有這樣的特色。

老舍悼念他的母親，一方面寫她的含辛茹苦：「活到老，窮到老，辛苦到老」，卻能獨自把兒女撫養長大成人，這是兒女該深深感恩的；另一方面寫在她的潛移默化之下，自己的性格、習慣等等，都受到母親的影響，可是在時代變亂時，自己卻無法保護家人；在她去世時，自己卻渾然不知，實在有失孝道，因此又難免覺得羞愧。前面的感恩之情，是明顯寫出來的，還按時間的先後順序，舉了很多事例；後面的羞愧之情，則沒有多寫，也不能多寫。因為那是傳統的習慣，不管如何，總要說自己是「不肖」的子孫才合適。不肖，是不像樣的意思。可是老舍在這篇文章中，明明好幾處強調自己的生命是母親給的，性格、習慣也是母親給的，那就可能意味著：他沒有不像樣。他對家對國，都沒有「不肖」。他對母親其實非常孝順。民國二十二年（一九三三）他即曾在北京西城觀音庵附近，為家人購置房屋，一直到去世為止，他的母親一直都住在這裡。對於國家呢，他當時積極參與抗日文化工作，誠如他自己所說的：「已見鄉關淪水火，更堪江海逐風雷」，也誠如他與宋之的合編的話劇劇名《國家至上》一樣，一切國家至上，他將追隨父親的腳步，繼續抗拒外侮。這是當時很多學者文人的共同心聲。

我覺得這樣來分析，才比較符合當時的時代環境，和作者的生活背景。

思考與練習

一、古今名人寫母親的文章極多，你認為老舍的這篇文章，最大的特點在哪裡？最感動你的情節是哪些？

二、這篇文章用語淺白，頗多俏皮話，跟林語堂幽默諷刺的筆調頗為不同，你能說出他們的差別嗎？

三、找一些描寫母愛的文章，試作比較，想一想如何寫一篇評介文字。

第15講 豐子愷／口中剿匪記

豐子愷（一八九八～一九七五），浙江桐鄉人。曾從李叔同學習繪畫、音樂，是現代著名的漫畫家、散文家。博識多聞，善於敘事說理，文筆幽默風趣，謔而不虐。

豐子愷把拔牙比成剿匪，亦莊亦諧，夾議夾敘，既幽默風趣，又言之成理。雖是記敘文，卻以議論說理的方式，層層推進。敘事時要言不煩，前後寥寥幾句，就把拔牙始末交代得清清楚楚，而說理的部分，則設問自答，說明拔牙和剿匪的並列關係。

範文

口中剿匪記

豐子愷

口中剿匪，就是把牙齒拔光。為什麼要這樣說法呢？因為我口中所剩十七顆牙齒，不但毫無用處，而且常常作祟，使我受苦不淺。現在索性把它們拔光，猶如把盤踞要害的群匪剿盡，肅清，從此可以天下太平，安居樂業。這比喻非常確切，所以我要這樣說。

把我的十七顆牙齒，比方一群匪，再像沒有了。不過這匪不是普通所謂「匪」，而是官匪，即貪官污吏。何以言之？因為普通所謂「匪」，是當局明令通緝的，或地方合力嚴防的，直稱為「匪」。而我的牙齒則不然：它們雖然向我作祟，而我非但不通緝它們，嚴防它們，反而袒護它們。我天天洗刷它們；我留心保養它們；吃食物的時候我讓它們先嘗；說話的時候我委屈地遷就它們；我決心不敢冒犯它們。我如此愛護它們，所以我口中這群匪，不是普通所謂「匪」。

怎見得像官匪，即貪官污吏呢？官是政府任命的，人民推戴的。但他們竟不盡責任，而貪贓枉法，作惡為非，以危害國家，蹂躪人民。我的十七顆牙齒，正同這批人物一樣。它們原是我親生的，從小在我口中長大起來的。它們是我身體的一部分，與我痛癢相關的。它們是我吸取營養的第一道關口。它們替我研磨食物，送到我的胃裡去營養我全身。它們站在我的言論機關的要路上，幫助我發表意見。它們真是我的忠僕，我的護衛。詎料它們居心不良，漸漸變壞。起初，有時還替我服務，為我造福，而有時對我虐害，使我苦痛。到後來它們作惡太多，個個變壞，歪斜偏側，吊兒郎當，根本沒有替我服務、為我造福的能力，而一味對我賊害，使我奇癢，使我大痛，使我不能吸煙，使我不得喝酒，使我不能作畫，使我不能作文，使我不得說話，使我不得安眠。這種苦頭是誰給我吃的？便是我親生的，本當替我服務、為我造福的牙齒！因此，我忍氣吞聲，敢怒而不敢言。在這班貪官污吏的苛政之下，我茹苦含辛，已經隱忍了近十年了！不但隱忍，還要不斷地買黑人牙膏、消治龍牙膏來孝敬它們呢！

我以前反對拔牙，一則怕痛，二則我認為此事違背天命，不近人情。現在回想，我那時真有文王之至德，寧可讓商紂方命虐民，而不肯加以誅戮。直到最近，我受了易昭雪牙醫師的一次勸告，文王忽然變了武王，毅然決然地興兵伐紂，代天行道了。而且這一次革命，順利進行，迅速成功。武王伐紂要「血流漂杵」，而我的口中剿匪，不見血光，不覺苦痛，比武王高明得多呢。

飲水思源，我得感謝許欽文先生。秋初有一天，他來看我，他滿口金牙，欣然地對我說：「我認識一位牙醫生，就是易昭雪。我勸你也去請教一下。」那時我還有文王之德，不忍誅暴。便反問他：「裝了究竟有什麼好處呢？」他說：「夫妻從此不討相罵了。」我不勝贊歎。並非羡慕夫妻不相罵，卻是佩服許先生說話的幽默。幽默的功用真偉大，後來有一天，我居然自動地走進易醫師的診所裡去，躺在他的椅子上了。經過他的檢查和忠告之後，我恍然大悟，原來我口中的國土內，養了一大批官匪，若不把這批人物殺光，國家永遠不得太平，民生永遠不得幸福。我就下決心，馬上任命易醫師為口中剿匪總司令，次日立即向口中進攻。攻了十一天，連根拔起，滿門抄斬，全部貪官，從此肅清。我方不傷一兵一卒，全無苦痛，順利成功。於是我再托易醫師另行物色一批人才來。要個個方正，個個幹練，個個為國效勞，為民服務。我口中的國土，從此可以天下太平了。

【解讀】

豐子愷（一八九八～一九七五），浙江桐鄉人。曾從李叔同學習繪畫、音樂，是現代著名的漫畫家、散文家。文筆幽默風趣，這篇〈口中剿匪記〉是他的散文代表作之一。

這篇文章是他民國三十六年（一九四七）十二月十日為紀念無痛拔牙而作，後來又刊於當年十二月二十一日的《京滬周刊》第一卷第十五期，最後才收入《緣緣堂隨筆》中。

豐子愷這年五十歲，住在杭州，身體雖還健康，思路雖尚敏捷，但口中牙齒卻已七零八落，只剩下十七顆，而且大半動搖，時時作痛。他的學生鄭棣，把此事告訴了許欽文；許欽文自己曾請城裡一位年輕牙醫易昭雪拔過牙，覺得不痛，於是介紹豐子愷去看易昭雪醫師。最後，豐子愷果然去看了易醫師，拔光了十七顆牙齒，也果然不痛。於是他寫了這篇文章，來記敘拔牙的始末經過。

作者豐子愷把拔牙比成剿匪，亦莊亦諧，夾議夾敘，既幽默風趣，又言之成理。全文分為五段，雖是記敘文，卻以議論說理的方式，層層推進。

第一段先是破題，說：「口中剿匪，就是把牙齒拔光。」然後自己馬上提問讀者「為什麼要這樣說法呢？」他當然不是真要讀者回答，而是藉此來提請讀者注意他底下所要說的話。這種自問自答的方式，是古文中常見的一種作法，可是經作者用剿匪來比喻拔牙，卻令人有推陳出新之感。

這一段作者說明的重點有二：一是為什麼要拔光牙齒，二是為什麼要把拔牙比成剿匪。就前者言，是「因為我口中所剩十七顆牙齒，不但毫無用處，而且常常作祟，使我受苦不淺」；就後者說，是因為拔牙「猶如把盤踞要害的群匪剿盡，肅清，從此可以天下太平，安居樂業」。雖然寫的是語體文，但用語文雅，又非常簡練，幾乎不能增刪一字，這可以說是標準模範的一種文體。

第二段進一步說明「這匪不是普通所謂『匪』，而是官匪，即貪官污吏。」跟第一段的寫法一樣，作者先自設問：「何以言之？」然後才自己說明理由何在。作者這一段先說明何以說它們是官匪，至於其他的話，則留待下一段解釋。作者以為普通所謂的「匪」，不是「當局明令通緝的」，就是「地方合力嚴防的」，所以可直稱為「匪」。但「官匪」病牙則不然。因為作者把自己比喻為「官家」，說他之於病牙，非但不通緝嚴防，而且還曲意袒護它們，愛護它們。如果只說這些話，那只是說個簡單的道理而已，不能予人具體的感受。作者卻還別出心裁，更進一步用幾個具體的事情來比喻描述：「我天天洗刷它們；我留心保養它們；吃食物的時候我讓它們先嘗；說話的時候我委屈地遷就它們；我決心不敢冒犯它們。」多說了這好幾個客觀存在的事例，當然較能給人病牙「像官匪」的感受。

第二段只說明了病牙像官匪，對於病牙何以「即貪官污吏」的問題，則留待第三段才作說明。因此第二段和第三段，事實上可合成一段，它們都是針對第二段開頭所提的問題來回答的。

第三段承接第二段所提的問題，推進一步問：「怎見得像官匪，即貪官污吏呢？」底下作者又自問自答，說明理由，同時提供了他對貪官污吏的一些看法。作者對貪官污吏下了這樣的界說：「官是政府任命的，人民推戴的。但他們竟不盡責任，而貪贓枉法，作惡為非，以危害國家，蹂躪人民。」說得簡單扼要。然後他就回到本題上，說他的十七顆病牙，「正同這批人物一樣」。牙齒原是身體的一部分，它們原可幫人研磨食物，攝取營養，還可以幫人說話，發表意見。但後來「居心不良，漸漸變壞」了。「歪斜偏側，吊兒郎當」，「使我奇癢，使我大痛」。底下作者更用了好幾個排列句：「使我不能吸煙，使我不得喝酒，使我不能作畫，使我不能作文，使我不得說話，使我不得安眠」，來說明這些病牙所帶來的痛苦。

更妙的是，作者還這樣補充說明：「在這班貪官污吏的苛政之下，我茹苦含辛，已經隱忍了近十年了！不但隱忍，還要不斷地買黑人牙膏、消治龍牙膏來孝敬它們呢！」這些話對於當年的讀者，除了可能噴飯的效果之外，應該別有一番滋味在心頭。因為對日抗戰的前前後後，貪官污吏也確實讓大家「已經隱忍了近十年了」！

以上三段，都用自問自答的方式，來說明何以把拔牙比喻為剿匪的原因，以下的第四第五兩段，則記敘自己此次勇於拔牙的前因後果。

第四段先交代自己以前反對拔牙的原因，說是一則怕痛，二則認為此事「違背天命」。然後從「天命」一詞又引出一段比喻：把忍痛不拔比喻為「文王之至德，寧可讓商紂方命虐民，而不肯加以誅戮」，而把拔光病牙比喻為「文王忽然變了武王，毅然決然地興兵伐紂，代天行道」。文王秉德、武王伐紂的歷史故事，用在這裡，真是非常貼切，也真是幽默風趣。那麼，是誰使文王變成了武王的呢？作者在這一段文章中，只寫了一句，說是：「受了易昭雪牙醫的一次勸告」。到了第五段，才對此事作了進一步的說明。

第五段交代會找易昭雪牙醫拔牙，是「許欽文先生」介紹的。許欽文（一八九七～一九八四）是魯迅的同鄉，也是現代著名作家。作者說許先生告訴他拔牙的好處是：「夫妻從此不討相罵了」，引述之後，還特別強調「佩服許先生說話的幽默」。不止許欽文說話幽默，豐子愷作文幽默，當時的很多作家也都常作幽默語。

作者從一開頭就是把拔牙比喻為剿匪，而且將二者同時並列來描述的，所以最後他也以這種方式來作結，說是聽了易昭雪牙醫的忠告，恍然大悟：「原來我口中的國土內，養了一大批官匪」，於是下了決心，「馬上任命易醫師為口中剿匪總司令，次日立即向口中進攻。攻了十一天，連根拔起，滿門抄斬，全部貪官，從此肅清。」而且又扣緊上段武王伐紂的故事，說：「我方不傷一兵一卒，全無苦痛，順利成功。」

作者拔牙記，本來到此可以結束了，但作者卻又補上一筆，說拔光牙齒之後，當然還需補上假牙。因此「再托易醫師另行物色一批人才來。要個個方正，個個幹練，個個為國效勞，為民服務。」其實這只是作者寫這篇文章時與易醫師的約定，當時尚未實現。據作者女兒豐一吟所寫的傳記，豐子愷真的裝上一口潔白假牙的時間，已是民國三十七年（一九四八）的元旦上午。同一天出版的《論語》第一四四期，又刊載了豐子愷在民國三十六年（一九四七）十二月二十二日所寫的〈拔牙記〉。可見對於這次的拔牙，豐子愷非常在意，也非常得意。

如果還要為作者此文續貂，筆者尚可補充以下資料：

民國三十七年（一九四八）九月下旬，豐子愷曾攜幼女豐一吟，和章錫琛一家搭船渡海來到台灣，住進台北市中山北路一段的文化招待所（大正町五條通七號），除了開個人畫展之外，還與一些住在台北的文教界人士往來飲宴，其中包括他的老友錢歌川、學生蕭而化，還有一位想辦《台灣人報》的呂姓青年。這位青年一定讀過這篇〈口中剿匪記〉，所以送了豐子愷一包牙粉，專供他清洗假牙之用。該年十一月下旬，豐子愷又攜女渡海離台到廈門去，可是這件事一直留在他們的記憶裡。

【作法】

三十年代的文壇，美文及散文詩的熱潮尚未消退，幽默的寫作風氣卻已興起。林語堂、豐子愷、梁實秋等人，俱是其中名家。他們通常博識多聞，善於敘事說理，無論中外古今的史實逸事，都能信手拈來，驅諸筆下，而且機智風趣，謔而不虐，頗受讀者歡迎。豐子愷的這篇〈口中剿匪記〉就深具這樣的特色。

作者在重慶等地經歷對日抗戰的艱困歲月之後，於民國三十五年（一九四六）的九月，又回到了上海，然後次年的三月間，再回到杭州靜江路（今北山路）的湖畔小屋長住。在避亂逃難的歲月裡，在抗敵剿匪的口號中，作者一定看到了不少貪官污吏的苛政，和不公不義的事情，所以在拔牙的時候，有感而發，有為而作，藉剿匪來比喻拔牙，相信有讀者讀此文時，會覺得描寫剿匪的部分，甚至比描寫拔牙的部分精彩。

原因是：作者善於敘事說理。敘事時要言不煩，前後寥寥幾句，就把拔牙始末交代得清清楚楚，而說理的部分，則設問自答，層層推進，說明拔牙和剿匪的並列關係，以及何以將病牙稱為「官匪」的道理。這種夾敘夾議的作法，最重要的是，說理要說得透徹明白，如此才有助於所要敘述的事項。無疑的，作者在這方面的表現，是極為成功的。他前面三段說理，層層推進，一層深似一層；後面兩段兼記人敘事，句子多駢陳並列，確實營造了不少氣勢。這些優點，再加上比喻得當，幽默風趣的筆調貫穿全篇，難怪會成為一篇膾炙人口的佳作。

思考與練習

一、這篇文章無論敘事或說理，都各有妙處，你能分別加以說明嗎？

二、把拔牙比作剿匪，你以為恰不恰當？除此之外，你以為作者還有其他的言外之意嗎？請就所知加以說明。

三、請你參考本文，改用敘事兼抒情的體裁，寫一篇〈拔牙記〉。

附錄：析論俞、朱二家〈槳聲燈影裡的秦淮河〉

民國十二年（一九二三）八月初，俞平伯和朱自清同遊南京四日，分別前夕，曾偕往秦淮河泛舟觀光。該月二十二日，俞平伯即在北京寫了此文，記敘二人同遊時所遇見的事物及印象；隨後該年十月十一日，朱自清也應俞平伯之請，在溫州寫了題目相同的〈槳聲燈影裡的秦淮河〉，為俞氏此文作了補充性的描述。最後由俞平伯彙齊作跋，交與《東方雜誌》發表。這兩篇散文所記事蹟，雖然有些錯綜，但前後輝映，為民初的文壇增添了不少光芒，被譽為「白話美術文的模範」。

一

請讀者先看俞平伯和朱自清的〈槳聲燈影裡的秦淮河〉原文。

二

俞平伯（一九〇〇～一九九〇），原名俞銘衡，浙江德清人，生於蘇州。他的祖父俞樾、父親俞陛雲，都是晚清著名的學者。俞平伯幼承家學，除了對古典詩詞、小說（特別是《紅樓夢》）的研究，卓有建樹之外，他的散文和新詩創作，在民國初年新文學運動的初期，也有一定的地位。他的散文集有《雜拌兒》、《燕知草》、《古槐夢憶》等等。

俞平伯雖然年紀比朱自清小一兩歲，但入北京大學讀書，卻比朱自清早了一年。他們真正的交往，是在民國九年（一九二〇）暑期後，同往杭州第一師範學校任教時。他們同樣愛好新詩和散文小品的創作，所以很快就成為好友。那時候，俞平伯剛從英國留學不成回國，又準備前往美國，雖然工作很忙，卻又很積極的參與了一些文學活動，例如一九二一年一月既參加了鄭振鐸等人的文學研究會，又於一九二二年一月與葉紹鈞、朱自清、劉延陵等人創辦《詩》月刊，並合出詩集等等。活動力很強，創作量也可觀。民國十一年（一九二二）七月，他受浙江省教育廳委派，乘船赴美國考察教育，但十月旋即因病回國。次年六月回杭州小住時，他又與當時正在溫州第十中學任教的朱自清常見面談話，一起論詩，一起遊宴，於是有了八月初的這次南京秦淮河之遊。

朱自清以前來過，俞平伯則是初遊，因此秦淮河的一切，對俞氏而言，都充滿了新奇之感。他們雖然同遊，在同樣的時間地點，觀賞同樣的景物夜色，同樣的槳聲燈影，同樣用詩的語言來寫景抒情，但由於兩人的性情不同，朱自清為人，一向嚴謹而認真，俞平伯則較為脫易疏略，因此所表現的內容情意也就隨之而異。例如他們對於妓船點唱之事，在處理的態度上，便有很大的不同。即使在槳聲燈影裡，他們所觀察的事物，所描寫的重點，也同樣有了基本上的差異。

俞平伯在槳聲燈影裡，完全是憑靠自己個人的感覺，跟著感覺走，聲色香味等等各種不同的感覺，充斥在字裡行間，寫的是「昵昵兒女語」，細膩而委婉，頗似《紅樓夢》中的人物情境語言，而朱自清則較為理性清醒，細膩中有清勁之氣。這兩篇文章，雖然都同樣在記敘遊河過程之中，夾敘夾議，把抒情、寫景、狀物、記人、敘事和說理、議論等等，交融在一起，但俞平伯在朦朧的槳聲燈影中，似乎一直陶醉在六朝金粉的仲夏夜幻夢裡，而朱自清則對著此地風物的特點和今昔不同的環境，做了較多的說明和分析。筆者一直以為：俞平伯的這篇文章，好在抒情寫景，時有令人醺醺欲醉的感覺，而朱自清則好在另有敘事議論的部分。如果沒有朱自清文中對秦淮河小船「七板子」的描述，和對妓船點唱一事的說明，以及其他一些客觀事實的敘述，那麼，即使俞平伯的文筆多麼細膩，情感多麼委婉，恐怕讀者讀後，難免都有美則美矣，但水月實在過於朦朧的感覺。因此，這兩篇文章，可謂離則有缺，合觀更美。

俞平伯筆下的秦淮河，如詩似畫。槳聲如詩，燈影似畫。槳聲和歌聲、弦吹聲交疊在一起，燈影和月光、電燈光交疊在一起。分開來看，每一個段落，每一個句子，都飽含著濃濃的詩情和畫意。文章一開頭他就用了詩的語言來寫：

我們消受得秦淮河上的燈影，當圓月猶皎的仲夏之夜。

這是詩的語言，不是散文的句法。「我們」指的是他和朱自清（佩弦）。他沒有交代遊河的日期，也沒有交代搭什麼樣的船，更沒有詳確列出遊河的歷程，一切都朦朦朧朧的。他只是這樣形容著：「以歪歪的腳步踅上夫子廟前停泊著的畫舫，就懶洋洋躺到藤椅上去了。」「小的燈舫初次在河中蕩漾；於我，情景是頗朦朧，滋味是怪羞澀的。我要錯認它作七里的山塘；可是，河房裡明窗洞啟，映著玲瓏入畫的曲欄杆，頓然省得身在何處了。」寫得比較明確的，如下面的一個片段：「在利涉橋邊買了一匣煙，蕩過東關頭，漸蕩出大中橋了。船兒悄悄地穿出連環著的三個壯闊的涵洞，青溪夏夜的韶華已如巨幅的畫豁然而抖落。哦！淒厲而繁的弦索，顫岔而澀的歌喉，雜著嚇哈的笑語聲，劈拍的竹牌響，更能把諸樓船上的華燈彩繪，顯出火樣的鮮明，火樣的溫煦了。小船兒載著我們，在大船縫裡擠著，挨著，抹著走。它忘了自己也是今宵河上的一星燈火。」像這樣藻飾華麗的句子，盡是詩的語言，盡是詩情畫意，寫的也盡是作者個人陶醉其間的感覺。這和朱自清的寫法，基本上是不一樣的。

朱自清的文章，一開頭就交代他們同遊秦淮河的日期時間和所搭乘的船隻：

> 一九二三年八月的一晚，我和平伯同遊秦淮河；平伯是初泛，我是重來了。我們雇了一隻「七板子」，在夕陽已去、皎月方來的時候，便下了船。於是槳聲汩——汩，我們開始領略那晃蕩著薔薇色的歷史的秦淮河的滋味了。

這就是所謂散文的句法。而且，下文接著就介紹秦淮河的船，和北京頤和園、杭州西湖、揚州瘦西湖的船，有什麼不同，並且對所謂秦淮河「七板子」的小船，作了頗為詳盡的說明。然後，朱自清還說，由於他們談起如《桃花扇》、《板橋雜記》所記載的明末秦淮河的一些艷跡，有了許多歷史的影像，因而對於秦淮河的船和水，也覺得有奇異的吸引力了。至於船經利涉橋、東關頭，到大中橋的歷程，以及大中橋的三個橋拱建築和周圍的景物，朱自清也有比俞平伯較為詳細的描述。雖然朱自清也字斟句酌，力求辭藻的華美，也盡量想使文章充滿詩情畫意，但在文學的感覺和表現上，他實在沒有俞平伯那樣的細膩。俞平伯的好處就在於細膩，然而要說他的缺點，恐怕也就在於「膩」這個字上。昵昵兒女語，濃得化不開，說多了難免會令人膩吧？

有人說：民國初年的文人創作，喜歡表現自我個性，喜歡談論人與人、人與社會、人與自然的關係。我們拿這些話來對照民初的文藝創作，確實說的不錯。俞平伯和朱自清都是民初新文學運動的名家，他們提倡寫白話詩，寫詩一般的散文；他們寫的散文，有的簡直就像是詩。像他們筆下的秦淮河，在槳聲燈影裡晃蕩，水也朦朧，燈也朦朧，月也朦朧，一切都美得如畫似詩。然而，在陶醉於這自然美景的時刻，他們卻仍然表現了各自的個性，也表現了時代共同的特色：他們同時談到妓船點唱的事，就談到人與人、人與社會的關係。

俞平伯說他在秦淮河遊船上的感覺，「不是什麼欣悅，不是什麼慰藉」，只覺得「朦朧之中似乎胎孕著一個如花的笑」，又說：「這或近於佛家的所謂『空』」，既不能說它是「無」，也不能直說它是「有」。這種朦朧的美感，貫穿在俞平伯的整個仲夏夜夢裡。他雖然自比「鄉下人」，對於河上的歌聲音樂、燈火月光，覺得吵雜，卻又陶醉，可是他沒有完全忽略周遭的一切：「貨郎擔式的船，曾以一瓶汽水之故而攏近來，這是真的。」從歌妓船上跨上他們船頭的伙計，把一扣破爛的手摺，攤在他們面前，「讓細瞧那些戲目，好好兒點個唱」，當然也是真的了。

當歌妓船上的伙計，拿著歌摺戲目，跨上船來問他們是否點唱時，他們的反應雖然都是臉紅，加以拒絕，但態度卻不一樣。俞平伯說他是一味的沉默，或乾脆說個「不」，或者搖搖頭，擺擺手表示「決不」。而朱自清則以為「擺脫糾纏的正當道路惟有辯解」。因此我們在俞平伯的文中，看到他對此事的描述，只有一兩小段的簡短文字，對於朱自清的力加辯解，和那些妓船伙計的一哂而去，僅僅點到為止。俞平伯這樣說：「這故事即我情願講給諸君聽，怕有人未必願意哩！」「恕我不再寫下了，以外的讓他自己說。」他要留給朱自清自己說明。

朱自清的文中，則真的對此事作了兩三大段的補敘文字。他對妓船伙計說他們所以不召歌妓不點唱的理由，是因為他們「不能做」這種事。因為受了「道德律的壓迫」。朱自清自己辯稱，一則認為接近妓者總是一種不正當的行為，二則認為對妓者應有哀矜勿喜之心，「不應賞玩的去聽她們的歌」。道理辯解，越說越不清。最後的結局都是這些伙計來了又走了，帶著一半的失望和一半的輕蔑，在槳聲裡彷彿狠狠地說：「都是呆子，都是吝嗇鬼！」

伙計離去以後，俞平伯和朱自清曾對此事加以討論。俞平伯只是引述豈明（周作人）的詩句：「因為我有妻子，所以我愛一切的女人；因為我有子女，所以我愛一切的孩子。」其他沒有多說什麼。而朱自清則將俞平伯的意思解釋為：表示尊重她們，所以拒絕她們。因為聽她們唱歌，是對於她們的一種侮辱。朱自清並且以為俞平伯原是想聽歌的，只是後來同情心勝了而已，所以他這樣形容俞平伯：「至於道德律，在他是沒有什麼的；因為他很有蔑視一切的傾向，民眾的力量在他是不大覺著的。」人與人的關係，人與社會的關係，本來就是當時文人的共同話題。

很顯然，他們的性情不同，所以對於事物觀察的角度也就隨之而異，但對於槳聲燈影裡的秦淮河來說，他們都同樣在夾敘夾議之中，把情景交融在一起了。我們不免要如此慶幸：就由於他們的性情不同，觀察角度不同，因而才為我們後來的讀者，為民國初年的秦淮河，留下了兩種不同的不朽的朦朧美感的光影。

最後要補充說明的是：俞平伯除了這篇散文之外，還有一首舊體詩〈癸亥年偕佩弦秦淮泛舟〉，可以對照。另外他所引用的豈明的詩句，原作「我為了自己的兒女才愛小孩子，為了自己的妻子才愛女人」，見詩集《雪朝》第四十八頁。

*

寫遊記，有很多種寫法；寫秦淮河，當然也有很多種寫法。寫秦淮河的地理沿革、歷史陳跡，寫秦淮河的周圍景物、風流韻事，都沒有什麼不可以。不同的人，從不同的角度，來寫同一時間點的秦淮河，當然也沒有什麼不可以。問題在於寫得好不好，而不在於寫什麼題材。

俞平伯和朱自清同遊秦淮河，是民國十二年（一九二三）的八月初，約當農曆六月的中下旬之際，所以才說是「圓月猶皎」，也才會在槳聲燈影之外，還描寫月光下的景物。今人不見古時月，今月曾經照古人。有了月光的映照，不僅可以使水上河畔的景物產生了朦朧的美感，而且也可以使喜歡吟風弄月的兩位詩人，對所謂六朝金粉以及明末秦淮名妓的種種傳聞，引起了更多的思古幽情和遐想。但因為發生文中妓船伙計點唱的掃興事件，因此他們寫秦淮河，寫槳聲燈影，只寫眼前的聲色光影之美，而沒有古代詩人詠史懷古的滄桑之感，也沒有明末才士名妓如侯朝宗、李香君之流的家國之悲。他們像很多民初文人一樣，把重點放在個性、人與社會、人與自然的關係上。他們寫的秦淮河，是他們自己的秦淮河，他們只寫自己的所見所感。這完全符合民初文人所主張的，要忠實於自己的感受。人與社會的關係，借妓船伙計點唱的事件呈現出來了；至於人與自然的關係，則全在槳聲燈影的描寫上，那也是他們文章的寫作重心。

記敘遊河的過程，基本上他們都依時間的先後和空間的順序來寫。但俞平伯似乎太陶醉了，他的眼前盡是畫意，心中盡是詩情，因此他筆下的寫景狀物，句句似詩而不像散文。形容夕陽西下時，說是「河上妝成一抹胭脂的薄媚」；形容河上姑娘的靚妝，說是「茉莉的香，白蘭花的香，脂粉的香，紗衣裳的香……微波泛濫出甜的暗香，隨著她們那些船兒蕩，隨著我們這船兒蕩，隨著大大小小一切的船兒蕩。」綺情幻夢似乎都融入景物之中了。這是融情入景。

朱自清的寫景狀物，則鋪陳之外，喜用擬人化的寫法。他形容「那晚月兒已瘦削了兩三分。她晚妝才罷，盈盈的上了柳梢頭」；形容岸邊的垂楊，說是：「它們那柔細的枝條浴著月光，就像一隻隻美人的臂膊，交互的纏著，挽著；又像是月兒披著的髮。而月兒偶然也從它們的交叉處偷偷窺看我們，大有小姑娘怕羞的樣子。岸上另有幾株不知名的老樹，光光的立著；在月光裡照起來，卻又儼然是精神矍鑠的老人。」像這些，真可謂是「善盡形容」，但會不會有人嫌太過太多呢？

校後記

吳宏一

這本書的初稿，完成於二〇一〇年的夏秋之際。因為有些選文需要核對不同的版本和徵求原作者的同意，所以一直沒有公開發表。今年（二〇一一）四月，應邀赴北京大學中文系訪問講學時，曾擬攜往核對資料並請教同道，不意郵遞延誤，因而無法如願。

現在呈現在讀者面前的，是我最近交給遠流出版公司排印後，再三校對修訂的成品。至於一些選文的版權問題，則勞煩該出版公司處理。

書即將出版，我謹以此謝謝負責此書的編輯，並請讀者不吝指教。

二〇一一年十一月七日

吳宏一的作文教室2

從閱讀到寫作
現代名家散文十五講

作者：吳宏一
主編：曾淑正
校對：萬淑香・陳錦輝
封面設計：丘銳致
內頁繪圖：鄭靖非
行銷企劃：葉玫玉・叢昌瑜

發行人：王榮文
出版發行：遠流出版事業股份有限公司
地址：台北市中山北路一段十一號十三樓
郵撥：0189456-1
電話：（02）25710297　傳真：（02）25710197

著作權顧問：蕭雄淋律師

二〇一二年四月一日　初版一刷
二〇一二年六月十五日　初版四刷
售價：新台幣三〇〇元

ISBN 978-957-32-6942-7（平裝）
YLib 遠流博識網 http://www.ylib.com E-mail: ylib@ylib.com

國家圖書館出版品預行編目資料

從閱讀到寫作：現代名家散文十五講
／吳宏一著． - 初版． -- 臺北市：
遠流，2012.04
面；　公分
ISBN 978-957-32-6942-7（平裝）

855　　101001910